坟场之书

第一卷

坟场之书

第一卷

[英] 尼尔·盖曼 著
[美] P. 克里格·罗赛尔 绘
陆絮 译

新 星 出 版 社　NEW STAR PRESS

THE GRAVEYARD BOOK GRAPHIC NOVEL: Volume 1 by Neil Gaiman
and Illustrated by P. Craig Russell
Text copyright © 2008 by Neil Gaiman
Illustrations copyright © 2014 by P. Craig Russell
Simplified Chinese translation copyright © (2019) by Beijing Hongyue
Scientific and Technical, Co., Ltd.
Published by arrangement with HarperCollins Children's Books through
Bardon-Chinese Media Agency
ALL RIGHTS RESERVED

次元书馆

策划统筹：贾 骥 宋 凯
出版监制：张泰亚
特约编辑：邓英洁
美术编辑：宋 慧

绘制：[美]大卫·拉弗恩特
[美]斯考特·汉普顿
[美]P. 克里格·罗赛尔
[美]凯文·诺兰
[美]盖伦·舒曼

色彩：[加]拉文·坎泽斯基

嵌字：[美]里斯·派克

献给布鲁克和安德鲁，乔丹和约书亚，娜奥米和艾米莲
（特别感谢盖伦·舒曼和史蒂芬·斯考特的额外付出）。
——P.C.R

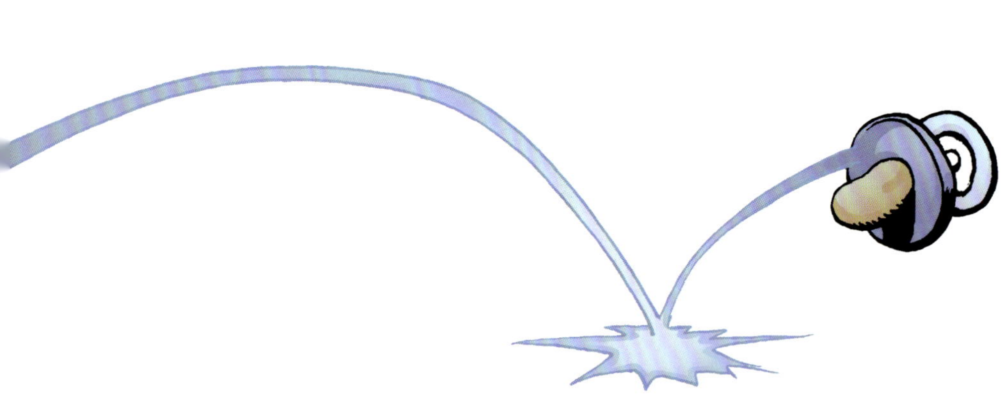

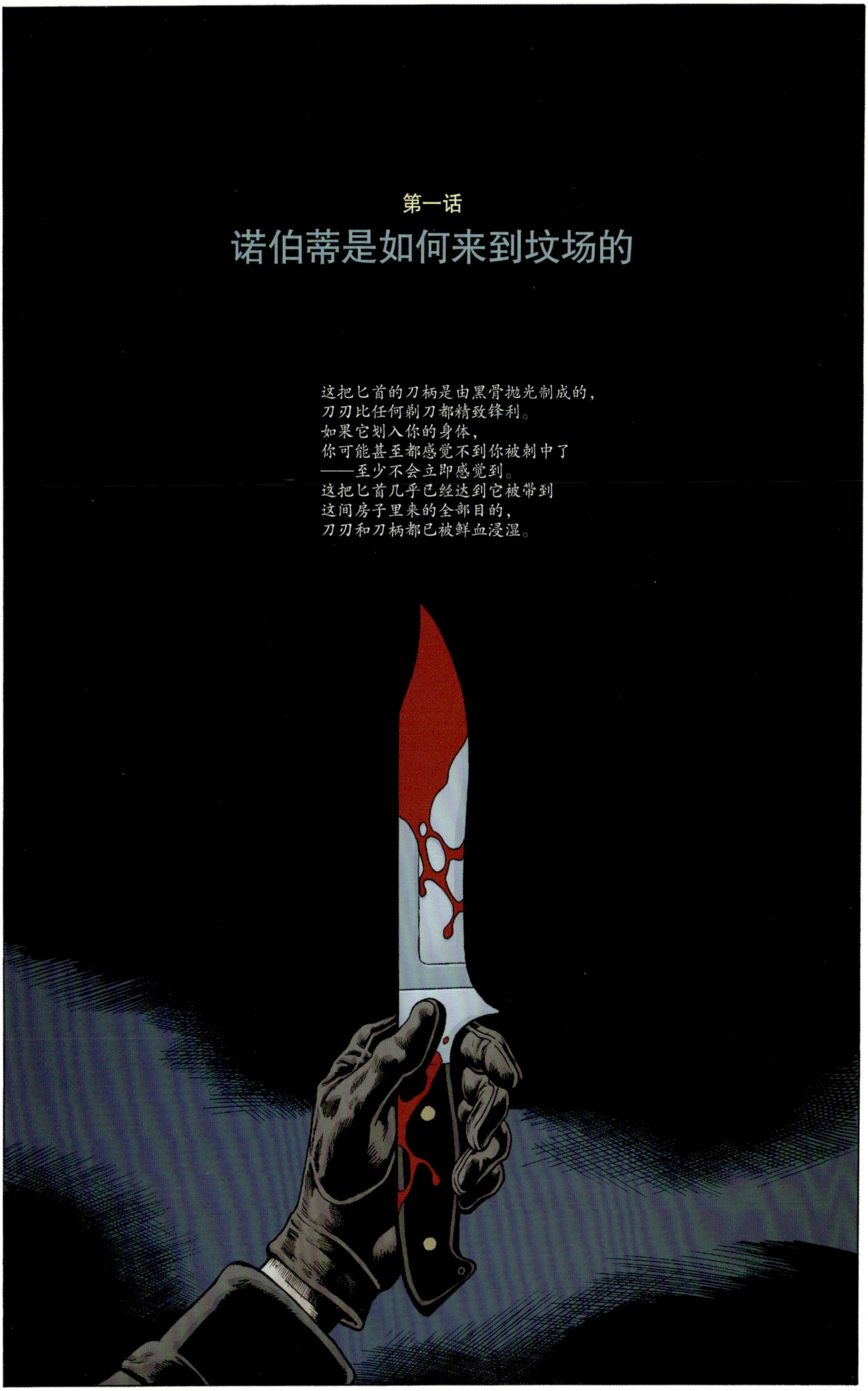
第一话
诺伯蒂是如何来到坟场的
这把匕首的刀柄是由黑骨抛光制成的，
刀刃比任何剃刀都精致锋利。
如果它划入你的身体，
你可能甚至都感觉不到你被刺中了
——至少不会立即感觉到。
这把匕首几乎已经达到它被带到
这间房子里来的全部目的，
刀刃和刀柄都已被鲜血浸湿。

他的任务，只剩最后一个目标了。

杀手杰克再怎么说
也自认是一位专业人士，
在任务完成前他是
不会放松警惕的。
还有一个婴儿。

嗅
奶香味，
像是巧克力碎屑
饼干……
……一次性
尿布……
……婴儿
香波……
……某种很小的
橡胶制品……
某种
玩具……
……不，
是奶嘴。
婴儿刚才还
在这里。
去哪儿了？

嗅
哼……
咔哒
杰克闻了闻空气。然后，他不慌不忙地向山坡上走去。

自从孩子学会走路，他就给他的父母带来了许多惊喜和绝望，因为从来没有哪个小孩像他这么喜爱到处溜达。
那天晚上，
他被重物撞击地板的声音吵醒了。
嘬嘬

!
欧文斯！快来看！
别逗我了，欧文斯太太，这难道不是个婴儿吗？
这当然是个婴儿，该问的问题是，我们该拿他怎么办？
?

我敢说这的确是个问题，
不过，这可不是我们的问题。
这孩子毫无疑问还活着，
因此他和我们毫无关系，
他不属于我们这个世界。
快看，
他笑了！
看那边。那肯定是孩子的家人，
来把他带回母亲温暖的怀抱中。
别管这个小家伙了。
那人看上去可
不像是什么家人。

咣
咣
走吧，欧文斯太太。别管啦，他有家人的。
？
你是……这是……鬼魂吗？！
你可能会想，欧文斯先生见到鬼魂应该不至于如此惊诧，毕竟他的全部社交生活都是在和亡者打交道。然而，这个鬼魂闪烁而惊悚的形态、如电视故障时的雪花一般的颜色、全然外露的惊恐的情绪，是如此的与众不同。
我的孩子！他要害死我的孩子！
你是谁？你长眠于此吗？
她肯定不是！看样子她刚刚死去不久。

保护我的儿子！
但是亲爱的，他还活着，而我们已经死了，你能想象……
嗯嗯嗯
好吧！如果我们有能力保护他，我们就应该保护他。你说呢，欧文斯？你愿意当这个小家伙的父亲吗？
我？愿意啥？
我们从没有过孩子，而他的母亲希望我们保护他。你愿意答应吗？

欧文斯清楚地
知道当他的妻子
用这种语调时，
意味着什么。
毕竟算上生前
和死后的时间，
他们的婚姻
已经维持超过
两百五十年了。
你肯定吗？
你确定吗？
我确定一定
以及肯定。
那么好吧。
如果你要
当他的母亲，
那我就来当
他的父亲吧。
你听到
了吗？
闪烁的鬼影现在只剩下一个隐约的
轮廓了，她用别人无法听到的声音
对欧文斯太太说了些什么……
然后她就
消失了。
她不会再来
这里了。
下次再醒来时，
会在她自己
的墓地里。
来吧，
来妈妈怀里。
在杀手杰克看来，
好像有一团旋转的
迷雾围绕着孩子，
然后男孩就消失了。
那里只剩下月光
透过潮湿的雾气，
洒在摇曳的草坪上。
嗅
嗯？

你需要帮助吗？

杀手杰克很高。但这个人更高。
杀手杰克穿着深色的衣服，但这个人的衣服颜色更深。在杀手杰克执行任务时，注意到他的人会意识到自己惹了麻烦。

杀手杰克抬头看了看这个陌生人，
他意识到这回是自己惹了麻烦。

我在找人。
在半夜、大门紧锁的坟场里找人？
在我路过时，听到了婴儿的哭声。一般人都无法听而不闻吧？

我很欣赏你的公共意识，不过你打算怎么离开这里呢？你总不能抱着婴儿翻过围墙吧？
我肯定会叫人把我放出去的。
那么，那个人就会是我。
而我的确会把你放出去的。
跟着我。

你是守墓人吗？
我？
当然了……某种程度上。

如果真有个孩子，
也不可能来坟场。
你听到的更可能是夜枭，
看到的大概是猫，或者狐狸。
这个地方三十年前被划为了
自然保护区，之后这里
再没有举行过葬礼。
你大概是
听错了。
现在仔细回想一下，
然后再想想，
你是否真的确定
你看到的是个孩子。
一定是狐狸。
它们会发出奇怪的声音，
和人的哭声差不了多少。
不，你不应该来坟场。
你要找的孩子
也许在什么别的地方
等着你……
但他绝不会
是在这里。

非常高兴认识你。
我深信你会在外面
找到你寻找的东西。
咣
咔哒
你要去
哪里？
还有别的门可以走，
不用管我。
你没必要记住
这段对话。
对，我没
必要记。
很好，
晚安。
杀手杰克向山坡下走去，准备继续寻找婴儿。

陌生人隐藏在阴影里，
目送着杰克直到他
消失在视野里。
然后他在黑夜中移动，不断上行，
来到一处矗立着方尖碑的地方。
那座方尖碑是为了纪念乔思雅·沃兴顿准男爵，
他在三百年前买下了老墓园和周围的土地，
并将之永久捐赠给市民。
据说，坟场里一共有一万多个灵魂，
但大多数都陷入了沉睡，
只有不到三百个灵魂聚集在月光下。
陌生人像是一团雾气一般悄无声息地靠近了他们，在阴影里静静地旁听着他们的讨论。
他一言不发。
我亲爱的女士，你的固执坚持真是令人……唉，你难道看不出这一切有多荒谬吗？
不，我不这么想。

*贝蒂是欧文斯太太的昵称。

我们可以赋予他在坟场里通行的自由。
哦，我绝不会同意。
为什么？这又不是第一次把坟场通行权赋予一个外人。
话是没错，但是那个人又不是活人。
听到这里，陌生人意识到，无论他是否愿意，他自己已经被卷入到这个话题中了。
是的，我的确不是活人。但我支持欧文斯太太。
真的吗，塞拉斯？
是的。无论这是好事还是坏事——当然我本人坚定地认为这是好事——欧文斯太太和她的丈夫已经接纳这个孩子并承担起保护他的责任。养育这个孩子可不仅仅需要一两个善良的灵魂。
这需要整个坟场齐心协力。

那关于食物
和其他的事
怎么办？
我可以自由出入坟场，
我可以给他带来食物。
你这话说得倒是挺漂亮的，
你来无影去无踪，
没人知道你在哪儿。
如果你一星期都没出现，
这个孩子会死掉。
你真是一位睿智的女士。
我明白他们为什么会
对你有如此高的评价了。
塞拉斯无法像操纵活人
的思想一样影响亡者，但他可以
大力夸赞、劝说对方，死人对这
个可不免疫。
很好，如果欧文斯先生
和太太成为他的父母，
那么我会成为他的守护者。
我会留在这里，如果我
必须离开，我会保证
找到人来代替我照看孩子。
我们可以住在礼拜堂地下
的灵堂里。
但是……
但是……
一个人类的孩子，
我是说，我是说，我是说……
这里是坟场，可不是
什么幼儿园，哎呀！
正是如此！
你说得
太对了，
即使让我来说
都不会说得
这么好。
正因为如此，
我们养育
这个孩子时
必须要保证
他不会影响到
坟场的“生活”
——原谅我的
用词。

他有
名字吗，
欧文斯
太太？
他妈妈
没跟我
提起。
啊，那么就由我们
来给他取名吧。
他长得像
我当年的
执政官**马库斯**。
他长得
像我的侄子**哈利**。
他长得
像我的首席园丁
斯特宾斯。
他长得不像任何人，
他像他自己！
没有人
和他长得像。
那么就叫
诺伯蒂*吧。

*原文为 Nobody，即没有人，音译为诺伯蒂。

……诺伯蒂·欧文斯。
!

诺伯蒂
算是什么名字?
他的名字。
而且是个好名字。
可以保护他周全。
保护?!
哼
我可不想
有任何麻烦。
咳咳
啊
啊
啊
哇啊啊啊
离开这儿吧，欧文斯太太。
你不在，我们也可以
继续讨论。

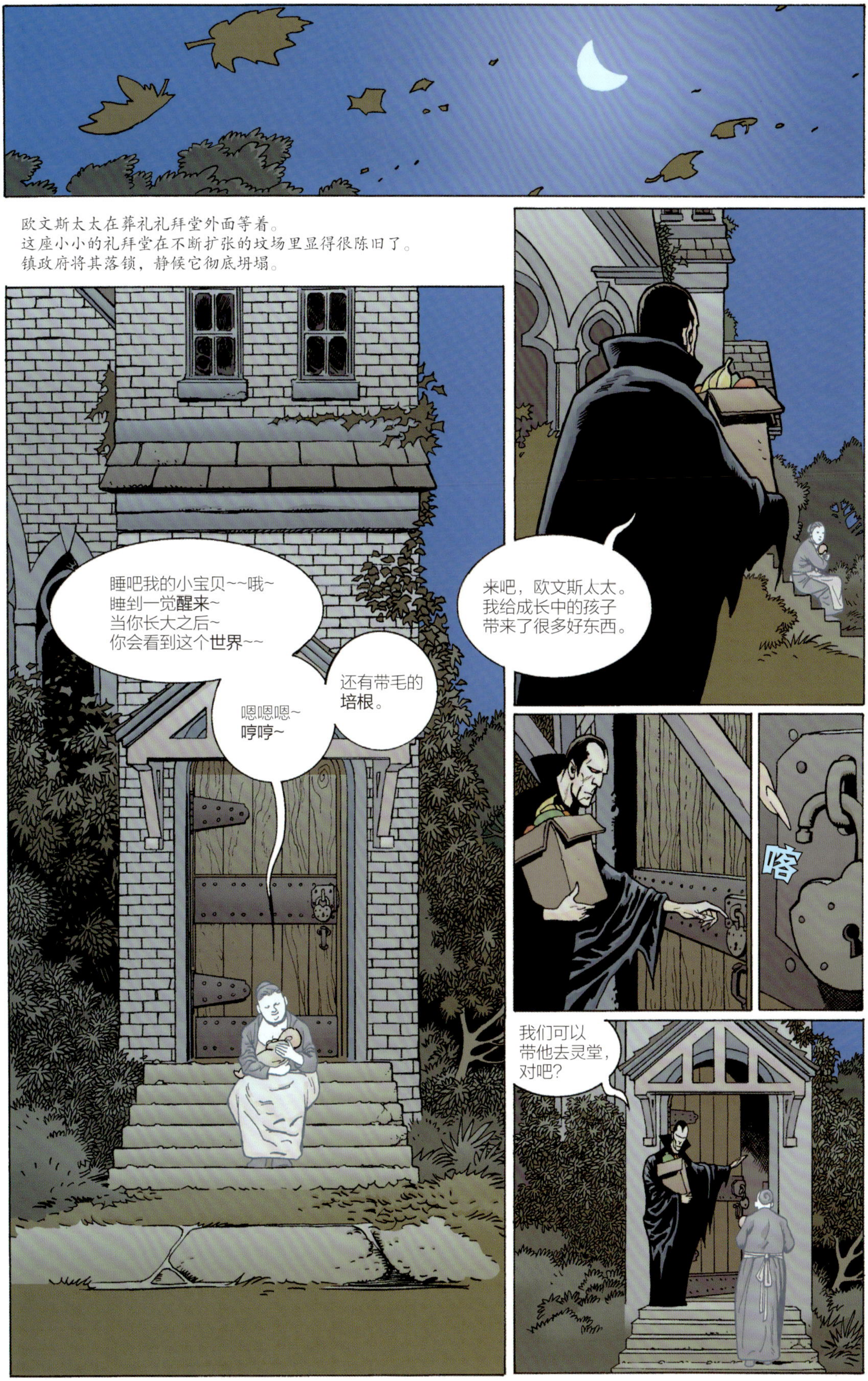
欧文斯太太在葬礼礼拜堂外面等着。
这座小小的礼拜堂在不断扩张的坟场里显得很陈旧了。
镇政府将其落锁，静候它彻底坍塌。
睡吧我的小宝贝~~哦~ 睡到一觉醒来~ 当你长大之后~ 你会看到这个世界~~
嗯嗯嗯~ 哼哼~
还有带毛的培根。
来吧，欧文斯太太。我给成长中的孩子带来了很多好东西。
喀
我们可以带他去灵堂，对吧？

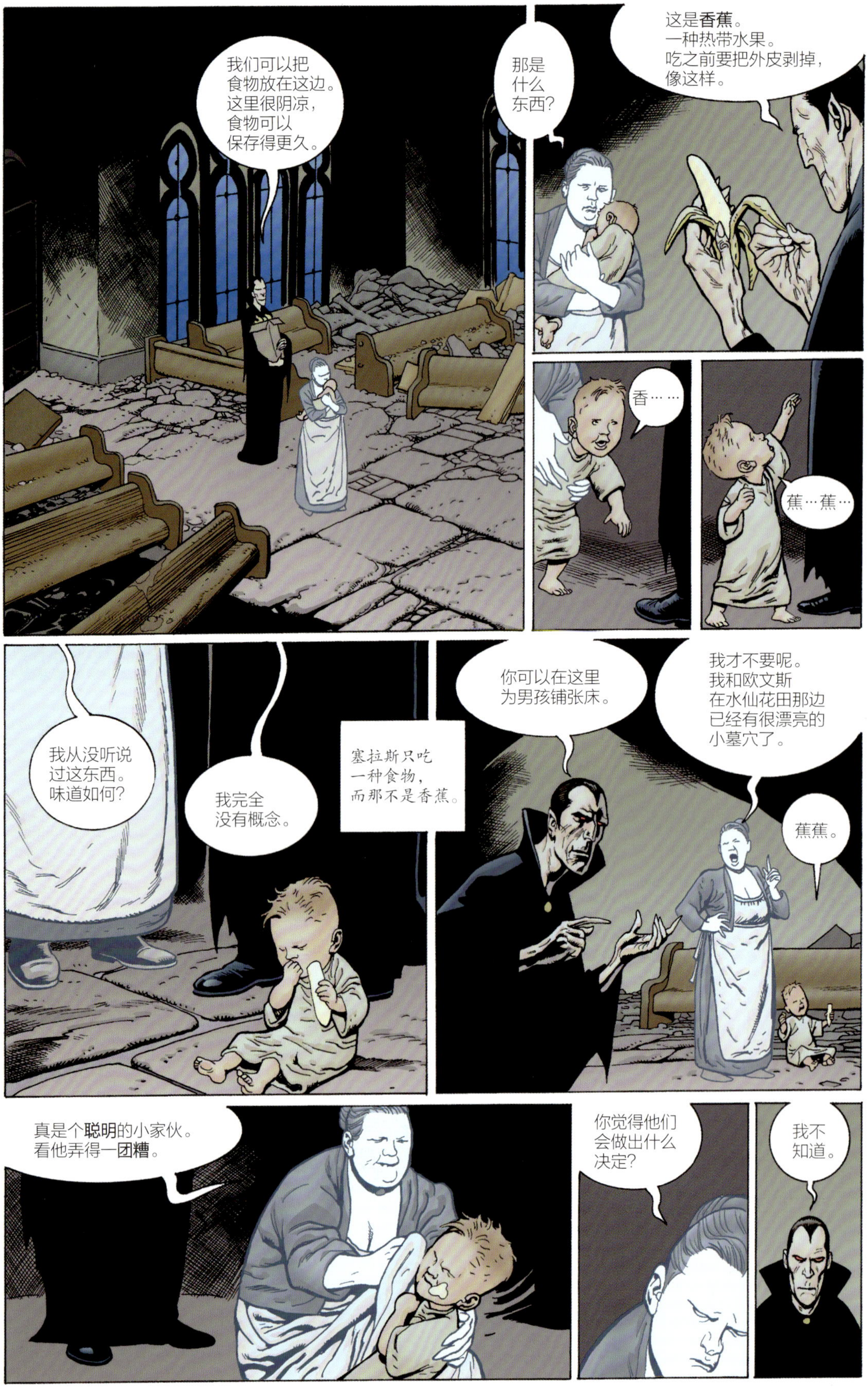
我们可以把
食物放在这边。
这里很阴凉，
食物可以
保存得更久。
那是
什么
东西？
这是**香蕉**。
一种热带水果。
吃之前要把外皮剥掉，
像这样。
香……
蕉…蕉…
我从没听说
过这东西。
味道如何？
我完全
没有概念。
塞拉斯只吃
一种食物，
而那不是香蕉。
你可以在这里
为男孩铺张床。
我才不要呢。
我和欧文斯
在水仙花田那边
已经有很漂亮的
小墓穴了。
蕉蕉。
真是个**聪明**的小家伙。
看他弄得一**团糟**。
你觉得他们
会做出什么
决定？
我不
知道。

我不能放弃他。毕竟我答应了他的母亲。
你觉得我们会等很长时间吗？
不会。
但是他错了。
坟场通常不采取民主制，然而死亡是最伟大的民主。
而对于是否该允许活着的孩子留在这里，每一位亡者有自己的观点。
我们必须考虑到，是欧文斯夫妇把我们卷进这个麻烦中的。
他们值得我们的尊重。
对。
但是他们也不是新来的，不会胡闹。
没错。
从未有过先例。
滑坡理论。
呃，为什么不行？
总有第一次。
但是塞拉斯也不是我们中的一员。
我可不想有任何麻烦。
我们必须慎重考虑这一点。
会后悔的。
不可能。
可是……可是……
诗人纳哈米亚·托特正要宣布他关于此事的高见……
嗯哼。
……这时，有什么事发生了。
它让嘈杂的人群都安静下来了。
它在坟场的历史上从未发生过。

坟场的居民们
都认识她，
因为我们每一个人
在临终前的日子里
都会与灰马上的女士*相遇。
没有人会忘记她。
亡者并不迷信，
至少没有什么迷信的戒律。
但他们望向她时的眼神
就如同古罗马占卜师
凝视天空中盘旋的圣鸦一般，
在找寻着智慧、找寻着线索。

*灰马上的女士代表死亡天使或死神的拟人化形象，
她骑的马品种叫作“灰马”，但皮毛的颜色是白色的。

接着，
传来了一声
如同一百个小银铃
一起晃动的声音，
她只说了一句……
亡者
应有
慈悲心。
然后
她笑了一下。
这，就是当晚在坟场的山坡上
聚集的人们声称
他们所经历的事情的全部过程。
争论结束了、终结了，
甚至都没有经过举手表决，
事情就这样被决定了。
名为诺伯蒂·欧文斯的孩子
将被赋予在坟场里生活的自由。

屠杀之母
和乔思雅·沃兴顿准男爵
陪着欧文斯先生一起来到了
旧礼拜堂下面的灵堂里。
欧文斯太太
对于这个奇迹般的结果
并未表示出惊讶。
这就对了。有些人
根本不通情理，
但她不一样。
她非常通情达理。
在阳光穿过灰蒙蒙的天空、
世界变得喧闹之前，
孩子在欧文斯家整洁的小墓穴
里睡着了。
塞拉斯在太阳升起前
走出坟场，
进行今晚最后一次探索。
他在山坡的一侧
发现了那间高高的房子。
他检查了他在那里发现的三具
尸体，仔细研究了刀伤的形状。
待他对调查结果感到满意之后，他步入黎明
前的阴霾中，心中翻腾着很多令人不安的
可能性。他返回了坟场……
……回到了
礼拜堂
的尖塔里，
在此他
将安睡
并躲过
漫漫长日。

在山脚下的小镇里，
杀手杰克开始渐渐感到愤怒。
对于这一夜，他已经期待了很久，
为此他已经积累了……
经年累月的经验。
而且这一晚
开始得非常顺利。
三个人就那样倒下了，
甚至都没机会
发出一声呼救。
“接下来……
……接下来
的一切都错得离谱。
为什么我会往山坡上走？
那孩子明明是
去山脚下的啊？
等我来到山脚下时，
一切足迹
都消失不见了。
肯定是有人发现了孩子，
将他带走藏起来了。
不会有其他任何可能性了。

天空中响起一声惊雷，震耳欲聋，
突兀得如同一声枪击，紧接着雨势突然变大。
杀手杰克有条不紊地开始计划下一步。

是时候给镇上的人们打几个电话了。
我需要在镇上安插几个眼线。
我没必要告诉组织我失败了。
更何况，我也没有失败。
至少尚未失败。
还有很多年可以完成任务。
我有足够的时间。
POLICE
“要完成这份未竟事业的最后一项任务，时间绰绰有余。”
要将最后的线头彻底剪断。
杰克缩起脑袋，步入了清晨之中。他的匕首妥善地放在衣服口袋里，未被瓢泼大雨浸湿。

第二话
新朋友
伯蒂*是一个安静的孩子。
他有一双淡灰色的眼睛，
一头蓬松的鼠灰色的头发。
他大多数时间都很听话。
他学会了如何讲话。
他刚一学会，
就开始坚持不懈地
用各种问题去纠缠坟场里的人们。
我何故不能
走出坟场？

*伯蒂，为诺伯蒂的简称。

他会问……
我怎么才能像他那样？
或是……
谁住在那边？
大人们尽可能地回答他，但是他们的答案要么很含糊，要么很迷惑，要么根本是自相矛盾。
于是伯蒂就会去山坡下的旧礼拜堂找塞拉斯聊天。
他在黄昏时分等在那里，等着塞拉斯醒过来。他的守护者总能为他答疑解惑，他的回答清晰明了而又浅显易懂。
你不能走出坟场——顺带一提，是“为什么不能”，不是“何故不能”，那不是现代用语——是因为只有在坟场里我们才能保护你。坟场以外的世界至少目前对你来说还不安全。
你就可以出去，你每天晚上都出去。

我比你大了无数岁，小伙子。而且无论在哪里我都很安全。
我在外面也会很安全的。
我也希望如此啊。不过只要你待在这里，你就是安全的。
或是……
如何才能像那样？
很快你就能掌握消隐、滑步和梦中行走了。不过有一些技巧是生者无法掌握的，你若想学习那些技巧，你就只能等待。
毕竟你被赋予了在坟场里通行的自由。因此坟场也会照顾你的。当你在这里时，你能在黑暗中视物，生者之眼无法捕捉到你。
我也被赋予了在坟场通行的自由，不过具体而言，我被赋予的仅仅是居住在这里的权利。
我想变得像你一样。
不可能。
或是……

谁长眠于此地？
你知道嘛，伯蒂，
大多数情况下，它就写在石头上。
你会认字了吗？你会认字母了吗？
认什么？
隔夜，塞拉斯出现在欧文斯家
舒适的小墓穴门口。
他带来了两本五颜六色的字母书
（《A是苹果，B是球》）
以及一本《戴帽子的猫》。
他带着伯蒂一起在坟场里散步，
教他如何寻找字母书里的字母，
从那个尖顶的字母开始……
A
塞拉斯给伯蒂
布置了一项任务。
在坟场里
把二十六
个字母
全都找到。
伯蒂骄傲地
完成了任务，
他找到了
最后一个字母……
EZEKIEL
ULMSLEY
Z
他的守护者非常满意。

每天伯蒂
都会带着蜡笔和纸
来到坟场里，
竭尽所能地
抄写墓碑上的字母
和数字。
每晚他都会让塞拉斯
给他解释抄下的文字，
让他翻译拉丁文的片段。
那些拉丁文让欧文斯夫妇烦恼不已。
在一个阳光灿烂的日子里，
大黄蜂忙碌地在坟场角落
盛开的野花丛中探索，
伯蒂沐浴在春天的阳光中，
观察一只黄铜色的甲壳虫
游荡在石碑上。
乔治·里德
妻子
朵卡斯
儿子
塞巴斯蒂安
（忠于死亡）
伯蒂抄下了墓志铭。
然后他紧盯着甲壳虫，
这时，有人说……
男孩，
你在做什么？

没啥。
鬼脸不错。
我做鬼脸很厉害的。你知道刚才那个是什么吗？
不知道。
真笨！那是猪*。
哦，你说的是“P是猪”的猪，对吗？
没错，就是那个。等一下。
你多大了？
你在这里做什么？
你住在这里吗？
你叫什么？
我不知道。
你不知道自己叫什么？
你当然知道自己叫什么啦。
每个人都知道自己的名字。
骗人。

*猪，Pig，以P开头。

我知道自己的名字，我也知道我在这里做什么。但我不知道你问的其他的。
你几岁了？
那你上次过生日时多大？
我没有生日。
每个人都有生日。你是说你过生日时没有蛋糕、蜡烛之类的东西？
没有。
真可怜，我五岁了。我猜你也是五岁。
好吧。
我叫斯嘉丽·安博·珀金斯。
我住在一个没有花园的公寓里。
我妈妈现在正在山脚下礼拜堂旁边的长椅上读杂志。
她让我半小时后再回去，不要惹麻烦，也不要和陌生人说话。
我就是陌生人。
你不是。你是个小男孩。而且你是我的朋友。你不可能是陌生人。

你叫
什么？
伯蒂，
是诺伯蒂的简称。
哈！
真是个有趣的
名字。你现在
在做什么？
学习字母表。
从石头上学。
我必须把
字母抄写下来。
我可以
和你
一起
抄吗？
一时之间，
伯蒂有些抵触
——这些墓碑
是属于他的，对吧？
——不过他觉得在阳光下
和朋友一起玩会更有趣，
于是他说……
好吧。
他们抄下了
墓碑上的名字，
斯嘉丽帮助伯蒂
读出那些
他不熟悉的
名字的发音，
伯蒂告诉斯嘉丽
那些拉丁文的含义
——如果他自己
知道的话。
时间过得飞快，
他们听到山脚下
传来一声……
斯——嘉
——丽——
我必须
得走了。
我们下次再见，
好吗？
你住在
哪儿？
就这儿。
他站在那里，
目送她跑下山坡。

在回家的路上，
斯嘉丽跟她妈妈讲起了
那个名叫诺伯蒂的男孩，
他住在坟场里，
并且和她一起玩了一会儿。
当天晚上，
斯嘉丽的母亲跟她父亲
提起了这件事，
她父亲说……
在阳光灿烂
的日子，
她的父亲
或母亲会带她
来到墓园，
家长在阅读
的时候，
斯嘉丽就会
四处闲逛。
这个年纪的小孩
经常会有想象中
的朋友，没什么
好担心的。
在第一次见面之后，
斯嘉丽再没有提前发现伯蒂。
然后，或早或晚，
她会看到一个小小
的面无表情的脸，
盯着她……
……然后她和伯蒂会玩捉迷藏，
或者爬上爬下……
……或者静静地
观察旧礼拜堂
后面的兔子。

斯嘉丽看不见伯蒂的其他朋友，
不过这也没关系。
她父母已经跟她说过了，
伯蒂是她……想象出来的。
所以伯蒂有一些她看不见的想象出来的朋友，
这对她而言也没什么奇怪的。
想象出来的。
而且这……
也没什么
不好的。
巴特比说
你真是长了一张
被压瘪的梅子脸。
他也是。
他说话
为什么
这么搞笑？
而且他说的
应该是
压瘪的
番茄吧？
我觉得他们那个时代还没有番茄。
这就是他们那个时代的说法。
斯嘉丽很高兴。她是个聪明而孤独的孩子。她的妈妈……
在大学工作。
她通过电脑收到文章，
然后批改判分。
我的父亲教授粒子物理。
我们不停地搬到各个大学城，
以便他能找到一个终身教职。
但至今
也没找到。

粒子物理
是什么?
嗯，首先有原子，
原子是一些小到
看不见的东西……
我们都是
由原子构成的。
然后还有
比原子更小
的东西。
这就是
粒子物理。
伯蒂点了点头，内心判断，
斯嘉丽的父亲很可能对
想象中的东西感兴趣。
伯蒂和斯嘉丽每个工作日的下午都在坟场里漫步。
伯蒂跟斯嘉丽讲他认识的坟场里的居民，斯嘉丽跟伯蒂讲外面的世界，
讲汽车、巴士、电视和飞机。
伯蒂见过飞机从头顶飞过，
他一直以为那是一种
特别吵的银色的鸟，
斯嘉丽提起之前，
他从未对飞机好奇过。

作为回报，
他会讲一些
坟场里的人们
还活着时的事……
……比如塞巴斯蒂安·里德
如何来到伦敦、觐见女王。
女王是一个戴着皮毛帽子的胖夫
人，她一言不发，
目光如炬地扫过每一个人。
塞巴斯蒂安·里德
不记得他觐见的
是哪位女王，
但他记得她在位
并不久。
那是什么
时候的事？
他的墓碑上
写着，他于
1583年逝世，
所以肯定
比那一年早。
在整个坟场里
最老的人是谁呢？
大概是盖乌斯·庞培乌斯。
他是在罗马人到达这里
一百年之后来到这儿的。
他亲自跟我说的。
他很喜欢
这些小径。
所以他是
最老的？
我觉得是。

我们能在这些石头房子里搭个小房子吗？
你进不去。门锁住了，所有的房子都锁住了。
那你能进去吗？
当然了。
那我为什么不能？
我有在坟场里自由通行的权利。我可以去坟场里的任何地方。
我想进石头房子里去搭小房子。
你不可以进去。
你真小气。
我没有。
小气！
我没有！
斯嘉丽没有向他告别就走下了山坡，
她相信伯蒂明明可以让她进去，
但就是拒绝了她。

当天晚上
晚餐时分……
在罗马人来之前，咱们这片土地上还有别的人吗？
你从哪里听说的罗马人？
大家都知道。所以有吗？
有凯尔特人。
他们是最早来的，在罗马人来之前。
他们被罗马人征服了。
与此同时，伯蒂和塞拉斯也在进行类似的对话。
最老的人？说实话，伯蒂，我不知道。
我在坟场认识的最老的人就是盖乌斯·庞培乌斯。但在罗马人来这里之前还有别的人，很多人。他们很早之前就在这里了。
你的字母表学得怎么样了？
我觉得不错。我什么时候能学连起来的字母？
这里长眠着很多有才华的人，他们之中肯定有哪怕是略通皮毛的教师。我会去询问一下的。
伯蒂很激动，他想象着将来有一天他能读懂每一个字，能看懂所有的故事。

塞拉斯
离开坟场
去处理
自己的事情了。
伯蒂走到
旧礼拜堂
旁边的柳树下，
叫道……
盖乌斯·
庞培乌斯。
哈欠
啊，是你，
活着的男孩。
你好吗，
活男孩？
我很好，
先生。
那真是太好了。
你是坟场里
最老的人吗？
是的。
所以你是第一个
被埋葬在这里
的人？
……几乎
是第一个。
在凯尔特人之前，这片土地上
就有其他人了。他们之中的一
员就埋葬在这里。
哦？他的墓地
在哪儿？

他在山顶上？
不，他在山里面。
在山体里面。这是在我出生前发生的事。
“……在我死后三百年，一个农民在附近寻找新的牧场放羊，他发现某块大石头的后面有个入口。他把石头推开，进入了洞里，寻思着里面可能会有宝藏。
“一小会儿之后他从洞里出来了，他的黑发变得像我的一样苍白。
他看到什么了？
他不愿意说，也再没有回来过。
人们将大石头推回去堵住了入口，随着时间流逝渐渐遗忘了这件事。
然后，两百年之后，当建造弗罗比舍陵墓时，人们再一次发现了它。发现入口的年轻人幻想着能发财，于是他没有告诉任何人……

“……某天夜里，他悄悄地走进了洞里，没有被任何人发现……
“……或者说他自以为没被人发现。”
他出来时是不是头发也变白了？
“他没有出来。”
呃。哦。那么到底是谁被埋在那里呢？
我不知道，年轻的欧文斯。
“但是当这里还空荡荡的时候，我能感受到他。那时候我能感受到，有什么东西在冥冥之中等待着，就在山体内部深处。”
他在等待什么呢？
“我感受到的只是那种等待的感觉。”

LIFE
LIFE
LIFE
!
妈咪？我去散会儿步。
不要偏离小路，亲爱的。

我发现了
一些事。
我
也是。
罗马人来之前还有别人。
那些人死后会被埋在
山里的地底下，
同时还会埋下
很多宝藏之类的。
哦，这就对了。
这就说得通了。
你想来看看
这样的墓穴吗？
现在？你不会恰好知道在哪儿吧？
而且你知道的，有些地方你可以去，
我去不了。
这地方就在
礼拜堂里。
这把钥匙能打开
那里大部分的门。
你说的
是实话？
来吧。

咔嗒
我们要找的是一个
洞，或是一扇门，
就在这里某
个棺材后面。
嚓嚓嚓
从这里下去，
我们就从这儿下去。
我们下去之后
什么也看不见的，
里面太暗了。
我不需要光，
我在坟场里不需要光
也能看见东西。
可是
我需要。
太暗了
我看不见。

伯蒂想说一些安慰她的话，但他无法对那些安慰的内容做出保证。于是他说……
我下去，你在这里等着我。
我现在正在下台阶。
你下了很多台阶了吗？
嗯，挺多的。
如果你握着我的手，告诉我怎么走的话，那我就跟你下来，你要保证我会没事的。
没问题。
你真的能看见东西吗？
这里很暗，但我能看见。
这边都是向下的台阶，石头做的。
我们头顶上都是石头。
现在台阶变大了。
我们走进了一个类似房间的地方……
……但是台阶还在继续。
最后一个台阶了，现在我们站在石头地板上了。

墓室很小。地板中央有一块大石板，角落里有一个小石台，上面摆放了一堆小物件。
这是那个幻想着发财的年轻人，他一定是在黑暗中滑到了。
周围突然传来响动，是一种沙沙的滑动声，就像一只蛇正在骸骨间盘绕着。
那是什么？你看见什么了么？
没有。
斯嘉丽发出了一声呼叫，半是惊喘、半是哀号……
……然后伯蒂看见了某种东西，他不用问就知道斯嘉丽也看见了。
吾乃此地之主！
吾护此地周全！
你是谁？

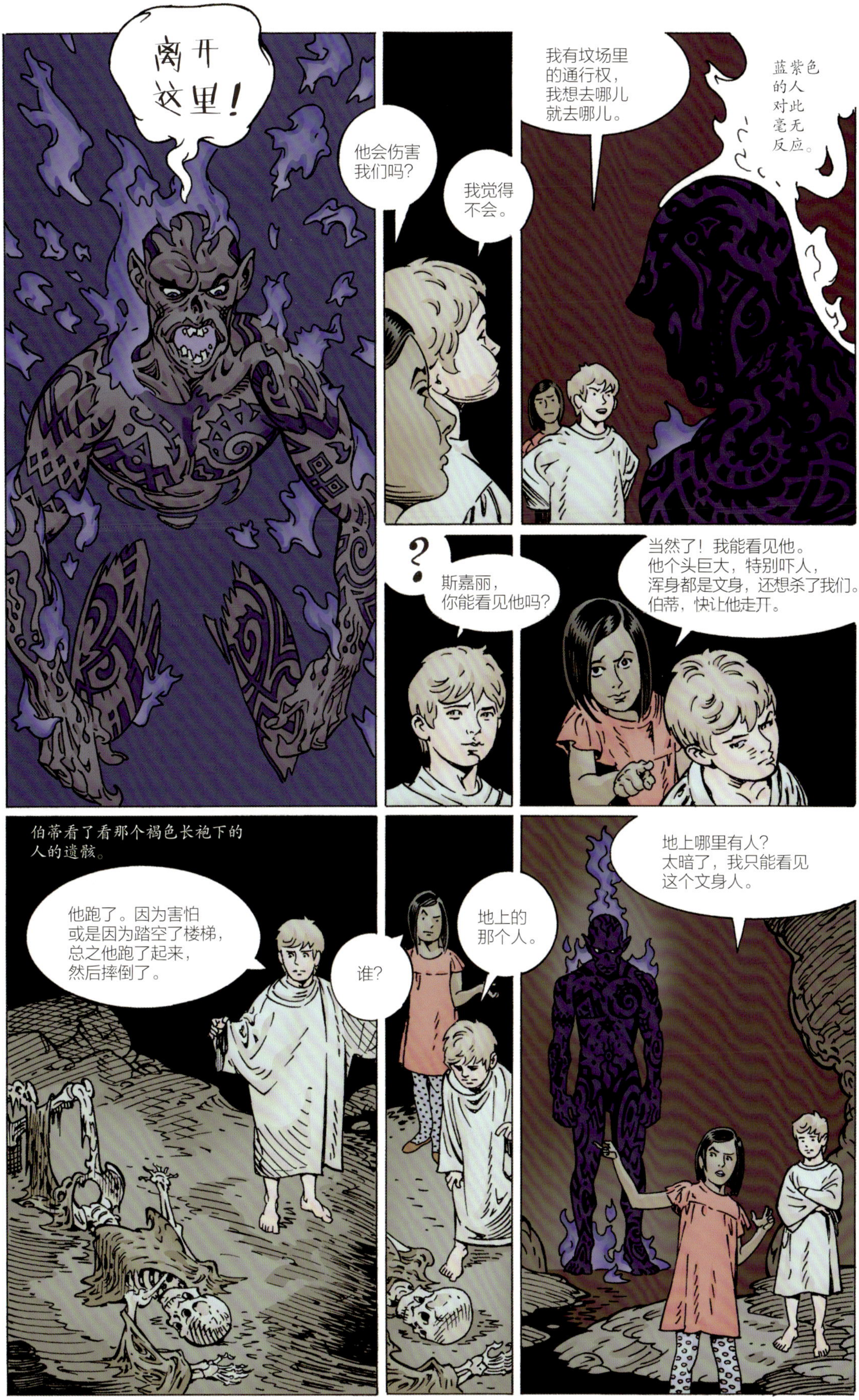
离开
这里!
他会伤害
我们吗?
我觉得
不会。
我有坟场里
的通行权,
我想去哪儿
就去哪儿。
蓝紫色
的人
对此
毫无
反应。
?
斯嘉丽,
你能看见他吗?
当然了!我能看见他。
他个头巨大,特别吓人,
浑身都是文身,还想杀了我们。
伯蒂,快让他走开。
伯蒂看了看那个褐色长袍下的
人的遗骸。
他跑了。因为害怕
或是因为踏空了楼梯,
总之他跑了起来,
然后摔倒了。
谁?
地上的
那个人。
地上哪里有人?
太暗了,我只能看见
这个文身人。

这时候蓝紫色的巨人仰起脖子
发出了一连串的吼声，
斯嘉丽吓得紧紧抓住了伯蒂的手，
她的指甲扎进了伯蒂的肉里。
然而伯蒂却
不害怕了。
很抱歉我之前说这里的
一切都是你想象出来的，
现在我相信了，他们是真的。
入侵者
必死！
不，我觉得你是对的。
至少这家伙是假的。
什么？
他是想象出来的。
别傻了，
我能看见它。
没错，
然而你却
无法看见
地上的
死人。
你可以
停下来，
我们知道
这不是
真的。
我要生吃了
你的肝脏！
不，你吃不到。
伯蒂说得对。
我猜这是个
专门用来吓唬人
的稻草人。

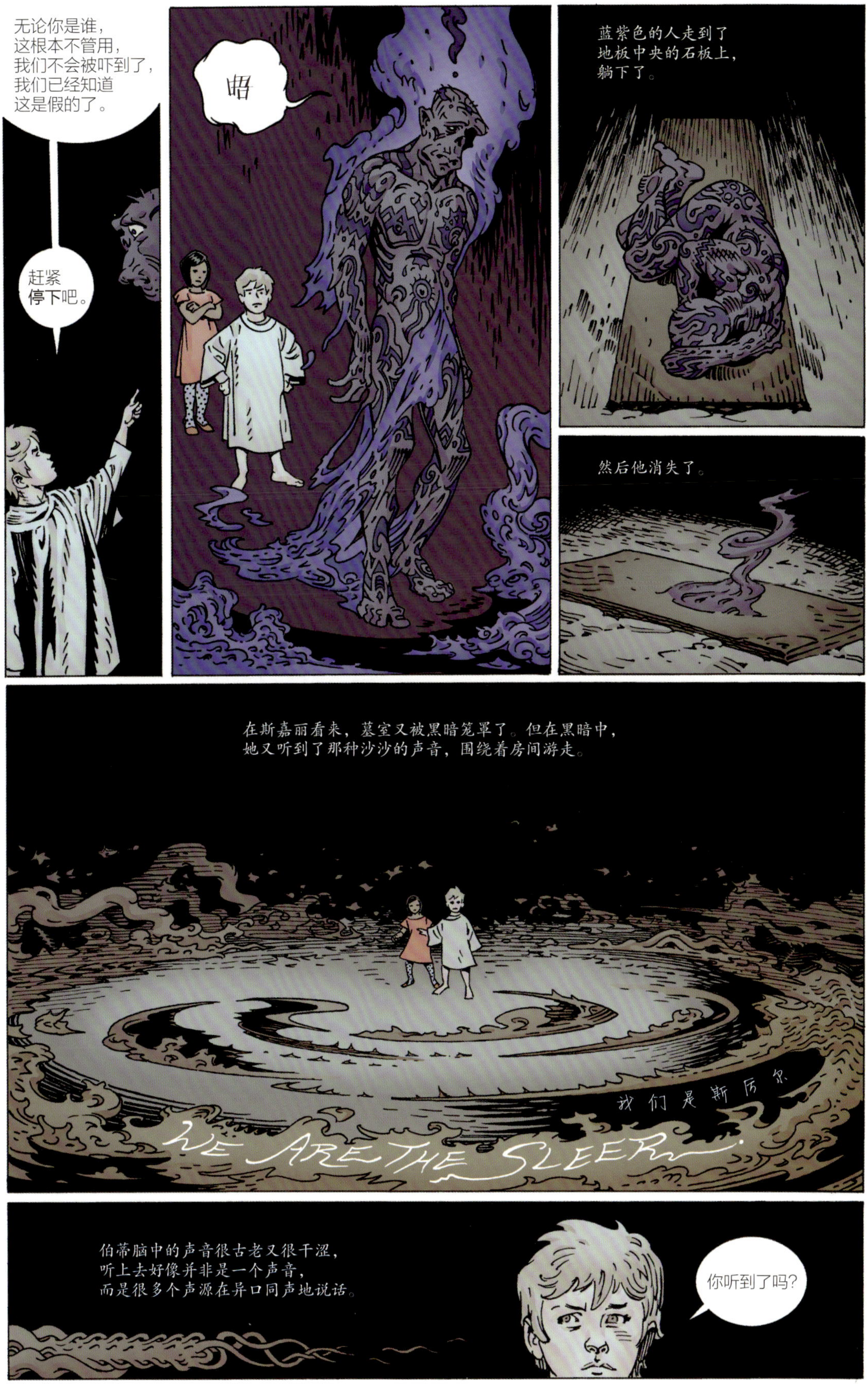
无论你是谁，
这根本不管用，
我们不会被吓到了，
我们已经知道
这是假的了。
赶紧
停下吧。
唔
蓝紫色的人走到了
地板中央的石板上，
躺下了。
然后他消失了。
在斯嘉丽看来，墓室又被黑暗笼罩了。但在黑暗中，
她又听到了那种沙沙的声音，围绕着房间游走。
我们是斯厉尔
WE ARE THE SLEER
伯蒂脑中的声音很古老又很干涩，
听上去好像并非是一个声音，
而是很多个声源在异口同声地说话。
你听到了吗？

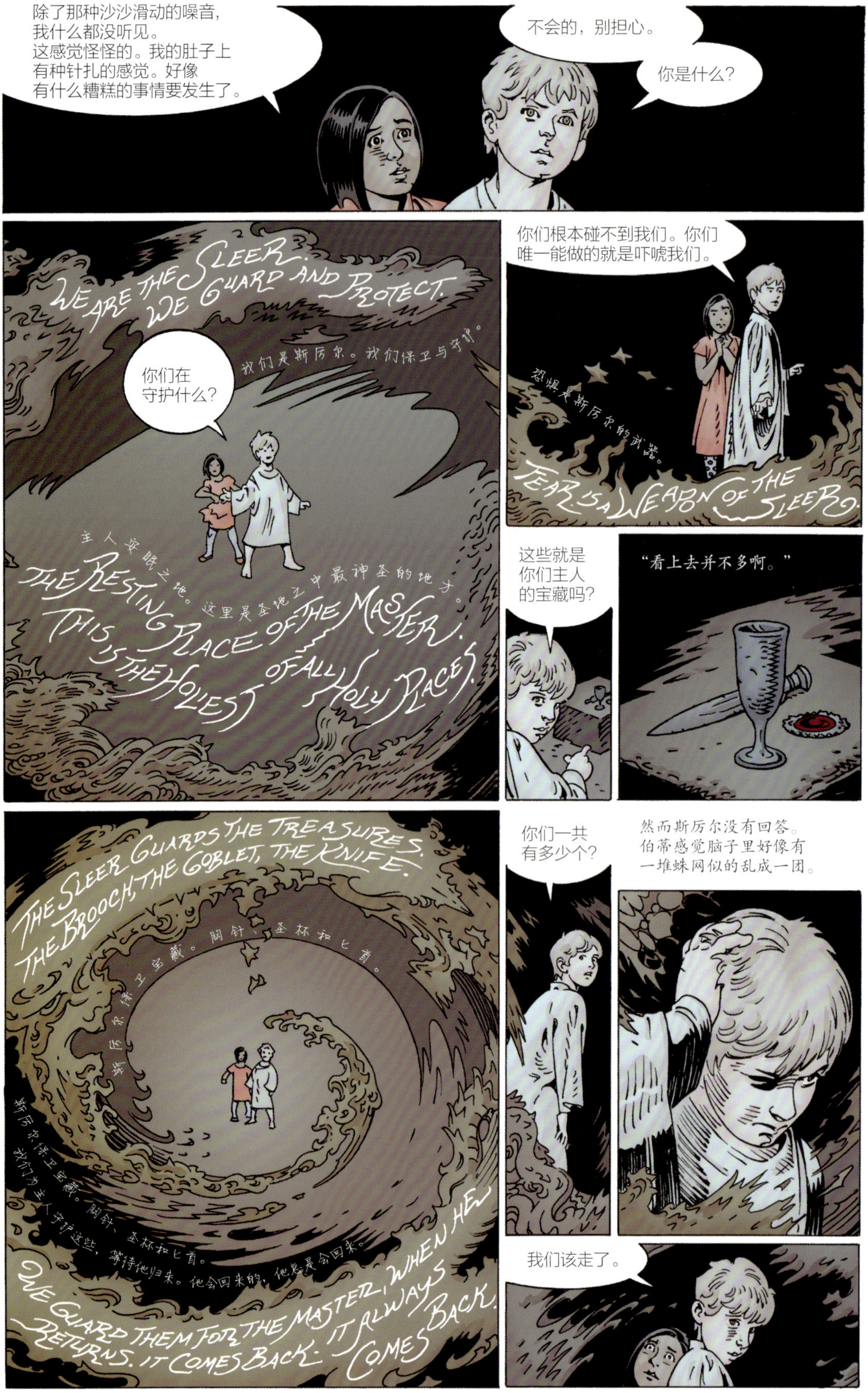
除了那种沙沙滑动的噪音，
我什么都没听见。
这感觉怪怪的。我的肚子上
有种针扎的感觉。好像
有什么糟糕的事情要发生了。
不会的，别担心。
你是什么？
WE ARE THE SLEER. WE GUARD AND PROTECT.
我们是斯厉尔。我们保卫与守护。
你们在
守护什么？
THE RESTING PLACE OF THE MASTER. THIS IS THE HOLIEST OF ALL HOLY PLACES.
主人安眠之地。这里是圣地之中最神圣的地方。
你们根本碰不到我们。你们
唯一能做的就是吓唬我们。
FEAR IS A WEAPON OF THE SLEER.
恐惧是斯厉尔的武器。
这些就是
你们主人
的宝藏吗？
“看上去并不多啊。”
THE SLEER GUARDS THE TREASURES. THE BROOCH, THE GOBLET, THE KNIFE.
斯厉尔保卫宝藏。胸针、圣杯和匕首。
WE GUARD THEM FOR THE MASTER, WHEN HE RETURNS. IT COMES BACK. IT ALWAYS COMES BACK.
斯厉尔保卫宝藏。胸针、圣杯和匕首。
我们为主人守护这些，等待他归来。他会回来的，他总是会回来。
你们一共
有多少个？
然而斯厉尔没有回答。
伯蒂感觉脑子里好像有
一堆蛛网似的乱成一团。
我们该走了。

说实话，如果这个人没有因为害怕而摔死的话，他肯定会对自己发现的宝藏感到失望的。
“昔日的宝藏绝非今日的财富。”
伯蒂小心翼翼地带领斯嘉丽爬上台阶，返回山坡顶上……
……进入了弗罗比舍陵墓……
……再次沐浴在晚春明媚的阳光下。
小鸟在灌木丛中歌唱，大黄蜂嗡嗡飞过，一切都如此正常，简直令人惊讶。
远方的山脚下，有人——有好几个人——正在呼喊。
斯嘉丽?
斯嘉丽·珀金斯?
斯嘉
斯嘉丽?
斯嘉丽
斯嘉丽?

喂！
我在这儿！
结果她和伯蒂都没来得及讨论他们看到的一切，以及那个蓝紫色的人……
你去哪儿了？
你没事吧？
有没有有人要绑架你？
已经定位到女童了。
伯蒂悄悄地跟着他们，一路走下山坡，来到了礼拜堂里。斯嘉丽的父母正在里面焦急地等待着。
她妈妈不停地问斯嘉丽……
到底怎么回事？
有一个叫诺伯蒂的小男孩带我进了山里面，黑暗中出现了一个浑身都是文身的紫色男人，不过其实他是个稻草人。
那个有文身的男人是骑着一辆摩托车吗？

现在斯嘉丽的父母
不用再担惊受怕了，
转而开始对他们自己
和斯嘉丽感到愤怒……
……他们互相指责，
认为让斯嘉丽在坟场
里玩耍是对方的责任……
……而且如果你
一眼没看住你的孩子，
你根本无法想象
他们会遭遇到
怎样可怕的事情。
特别是像斯嘉丽
这样的孩子。
斯嘉丽的母亲
开始抽泣……
……斯嘉丽也
一起哭了起来……
……一位警察和斯嘉丽的父亲起了争执。他的父亲
跟警察说，作为一名纳税人，他支付了她的工资，
而警察表示，她自己也是一名纳税人，
很可能也支付了斯嘉丽父亲的工资……
……这期间，
伯蒂一直坐在
礼拜堂角落的
阴影里，
没被人发现，
甚至是斯嘉丽
也没发现他。
他看着、听着……
……直到他再也受不了了。

坟场里又是黄昏时分了。塞拉斯出来找到了伯蒂，他正在远眺整个小镇。塞拉斯站到了男孩身后，他什么都没说，这就是他的方式。
那不是她的错。是我的错。然而现在她惹了麻烦。
你把她带去哪里了？
山里面，去看最古老的墓穴。结果那里什么人都没有。只有一种像蛇一样的东西，叫斯厉尔。
真有趣。
他们静静地看着旧礼拜堂再次落锁，警察和斯嘉丽一家人步入了夜色中。
博洛斯女士会教你单词。你有没有读《戴帽子的猫》？
嗯，早就读完了。你能给我再带几本书吗？
可以。
你觉得我还能再见到她吗？
那个女孩？恐怕不太可能。
但是塞拉斯猜错了。三周后，在一个灰蒙蒙的午后，斯嘉丽和父母一起来到了坟场。
真是太晦气了。幸好我们很快就能永远离开这里了。

你可不要跑出
我们的视线范围。
嗨。
嗨。
我以为我见不到你了。
走去哪儿？
我跟他们说，如果他们不带我最后
再来一次这里，我就不跟他们走。
苏格兰。那里有
所大学，爸爸要去
那里教粒子物理。
苏格兰离
这里很远吗？
是的。
哦。
我希望在这里能见到你，
和你说再见。
我会一直
在这里的。
但是你并非
死人，对吧，
诺伯蒂·
欧文斯？
当然不是了。

嗯，那你就不可能一辈子待在这里，对不对？总有一天你会长大，那时你就必须离开这里，在外面的世界生活。
外面的世界对我而言不安全。
谁说的？
塞拉斯。
还有我的家人。
大家都这么说。
斯嘉丽！该走了。你最后一次的坟场之旅结束了。
你真勇敢。
你是我认识的最勇敢的人，而且你也是我的朋友。
我不在乎你是否是我想象出来的。
她沿着小路跑了回去，和她的父母一起，回到了外面的世界。

第三话
上帝之猎犬
每个坟场都有一座墓是属于食尸鬼的。
只要在坟场里漫步足够久，
你肯定能发现它：墓碑的石块
是破裂碎开的，当你接近时，
能体会到一种被遗弃的感觉。
如果某座墓令你不愿接近、很想离开，
那它就是食尸鬼之门。
伯蒂的坟场里也有这样一座墓。
每个坟场都有这样的一座墓。

塞拉斯正要离开。
可是为什么？
我告诉过你了，我需要去获取某些信息，为了获取信息，我需要出行。我们已经讨论过这些了。
这不公平。
这既非公平也非不公平。事实就是这样。
你应该照料我的，你答应过的。
没错，作为你的守护者，我要对你负责。幸好我并非这世上唯一一个愿意承担这个责任的人。
你要去哪里？
外面。离开这里。我需要调查某些事，而我无法在这里调查。
伯蒂气哼哼地走开了，踢了踢想象中的石头。

在坟场的西北角，
万物肆意生长，
纠缠蔓延，
连守墓人也
无法清理干净。
伯蒂溜达到这里，
叫醒了维多利亚
时期的一群孩子。
他们都是在十岁
生日前过世的。
伯蒂和他们一起
在月光下玩起了
捉迷藏。
伯蒂想要装作
塞拉斯并未
准备离开，
装作一切都
不会改变。

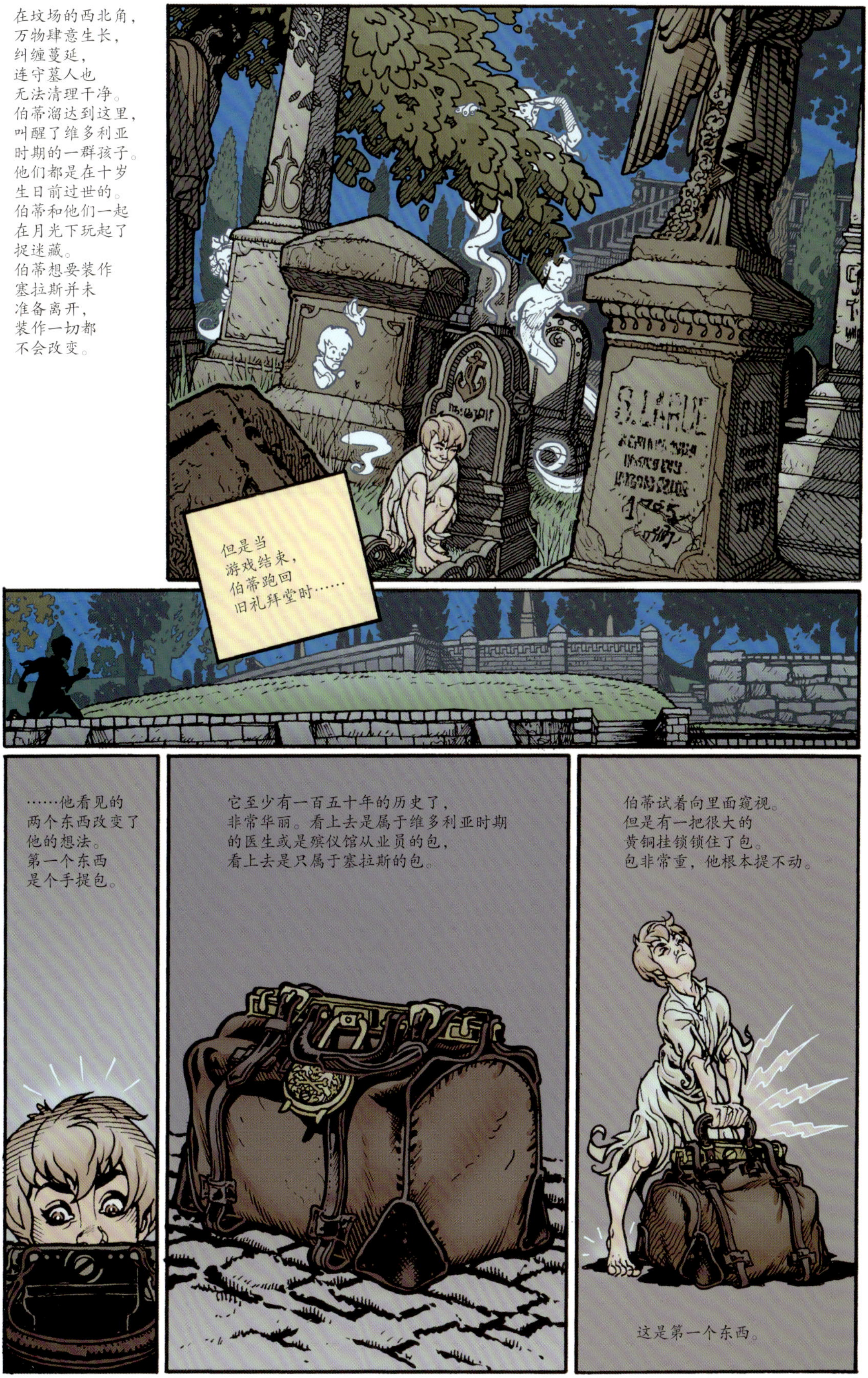
但是当
游戏结束，
伯蒂跑回
旧礼拜堂时……
……他看见的
两个东西改变了
他的想法。
第一个东西
是个手提包。
它至少有一百五十年的历史了，
非常华丽。看上去是属于维多利亚时期
的医生或是殡仪馆从业员的包，
看上去是只属于塞拉斯的包。
伯蒂试着向里面窥视。
但是有一把很大的
黄铜挂锁锁住了包。
包非常重，他根本提不动。
这是第一个东西。

第二个东西正坐在
礼拜堂旁边的长椅上。
伯蒂，这位是卢普斯库女士。
闻
所以
这就是那个男孩。
闻
闻
闻闻闻
你在早上起床和晚上睡觉前各向我汇报一次。我在那边的房子里租了一个房间。
不过我大部分时间都会在坟场里。我会作为一名历史学家来研究这些古墓的历史。
你听明白了吗，男孩？
嗯？

伯蒂。
我叫伯蒂，不叫男孩。
真是个蠢名字，而且听起来像是宠物的名字或是昵称。我不同意这个名字。
我会叫你男孩。
而你要叫我卢普斯库女士。
!
卢普斯库女士会好好教你的，我相信你们两个人会相处愉快的。
不会的！她糟透了！
你这话太粗鲁了。我认为你必须道歉，你说呢？
对不起，卢普斯库女士。
我可是从很远的地方特地过来照顾你的，希望我不枉此行。
伯蒂无法想象和塞拉斯拥抱的场景，于是他只是伸出了手。塞拉斯弯下腰，温柔地握了握他的手。
然后，他轻松地拿起了黑皮包，仿佛那根本毫无分量一样。他沿着小路走出了坟场。

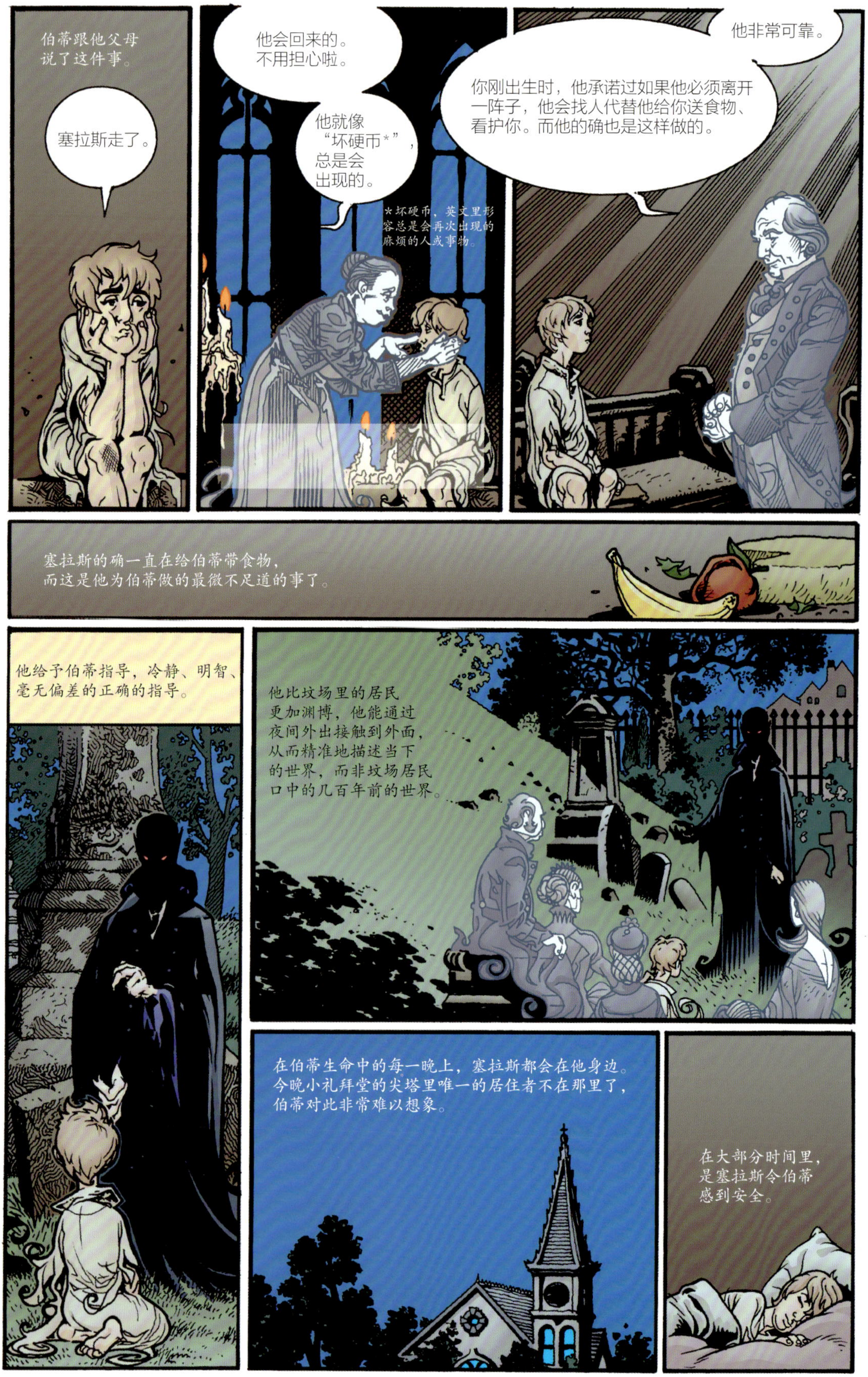
伯蒂跟他父母
说了这件事。
塞拉斯走了。
他会回来的。
不用担心啦。
他就像
“坏硬币*”，
总是会
出现的。
*坏硬币，英文里形
容总是会再次出现的
麻烦的人或事物。
他非常可靠。
你刚出生时，他承诺过如果他必须离开
一阵子，他会找人代替他给你送食物、
看护你。而他的确也是这样做的。
塞拉斯的确一直在给伯蒂带食物，
而这是他为伯蒂做的最微不足道的事了。
他给予伯蒂指导，冷静、明智、
毫无偏差的正确的指导。
他比坟场里的居民
更加渊博，他能通过
夜间外出接触到外面，
从而精准地描述当下
的世界，而非坟场居民
口中的几百年前的世界。
在伯蒂生命中的每一晚上，塞拉斯都会在他身边。
今晚小礼拜堂的尖塔里唯一的居住者不在那里了，
伯蒂对此非常难以想象。
在大部分时间里，
是塞拉斯令伯蒂
感到安全。

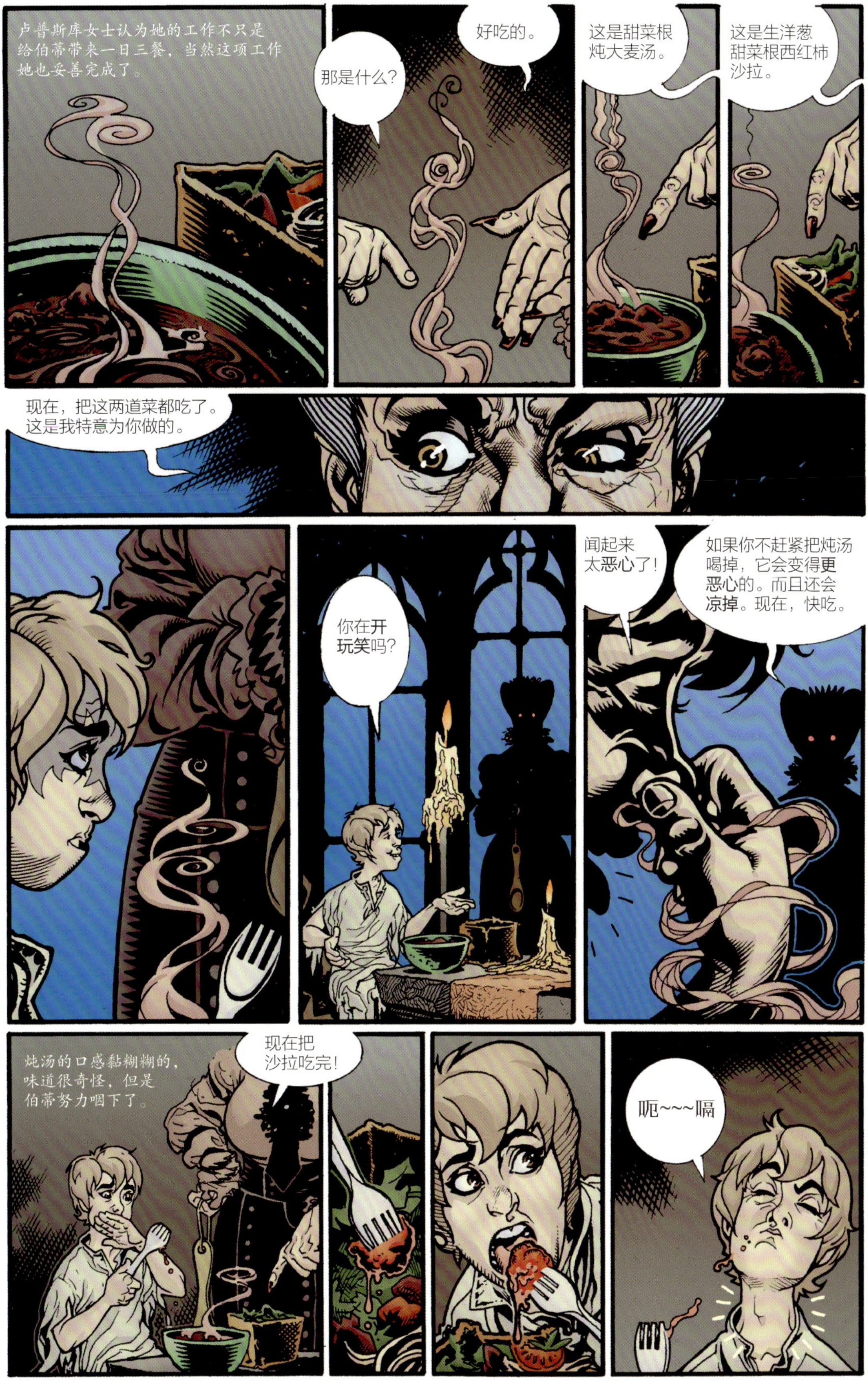
卢普斯库女士认为她的工作不只是给伯蒂带来一日三餐，当然这项工作她也妥善完成了。
那是什么？
好吃的。
这是甜菜根炖大麦汤。
这是生洋葱甜菜根西红柿沙拉。
现在，把这两道菜都吃了。这是我特意为你做的。
你在开玩笑吗？
闻起来太恶心了！
如果你不赶紧把炖汤喝掉，它会变得更恶心的。而且还会凉掉。现在，快吃。
炖汤的口感黏糊糊的，味道很奇怪，但是伯蒂努力咽下了。
现在把沙拉吃完！
呃~~~嗝

我不想
吃这个。
这对你
很好。
我会恶心
反胃的。
那你再
吃一口。
我吃不下。
你要么再吃一口，要么
就一直待在这里，直到
你把剩下的全都吃完。
咕噜
现在，
来上课。

通常盛夏时节是没有课程的
——伯蒂会在无尽的温暖
黄昏时分玩耍、探索、攀爬。
上课?
你的守护者认为我
应该教授你一些东西。
我有老师。拉提塔·博洛斯小姐教我
拼写和单词，佩尼沃斯教我“年轻绅士
的高级教育系统及部分验尸相关知识”。
我自学地理和其他学科。
我不需
要上更
多的课。
那你已经知道一切了，男孩？才六岁
而已，就已经知晓世间一切了。
我没
这么说。
跟我讲讲
食尸鬼。
离他们
远点。
还有呢?
为什么要离他们远点？他们是从
哪里来的？他们要去哪里？为什么
不要靠近食尸鬼门附近？嗯，男孩?
呃……
不知道。

说出几种
不同的人。
快。
呃…
…活人。
呃，
死人。
猫?
太糟糕了。
你真是愚昧无知，更可怕的是，
你还满足于自己无知的现状。
跟我重复。
有活人和死人。
有日行人
和夜行人。
有食尸鬼
和雾行者。
高空猎手和
上帝之猎犬。
另外，还有
独居的类型。
你是哪种?
我……
……是
卢普斯库
女士。
那塞拉斯呢?
他是独居者。

课一上完，他就跑走了，心情差极了。
他去寻找一起玩耍的小伙伴们，但是一个人都没找到。
他只看到了一只大灰狗，在墓碑间悄悄地游荡觅食，一直在和伯蒂保持距离。
这周越来越糟糕了。卢普斯库女士继续给他做饭。
猪油里泡着的饺子、蒜味超重的冷香肠、煮鸡蛋泡在倒胃口的灰色不明液体里。
他尽可能地少吃，只吃了足以让他逃离饭桌的分量。

课程又持续了两天。她只教授了伯蒂如何用世界上的各种语言求救，除此以外什么都没教。如果他说错了或是忘记了，她就会用钢笔敲打伯蒂的手指关节。到第三天，她火力全开。
法语？
救命啊！
摩斯码？
S·O·S
夜魇？
这太蠢了。我根本不记得什么是夜魇。
它们有无毛的羽翼，飞得又低又快。它们不会来这个世界，但它们会从赤红天空的上层飞过，飞去古尔海姆。
我根本没必要知道这些东西。
夜魇。
啊嗷咔！
够了。
坟场里有一只大灰狗，和你差不多时候来到坟场的。它是你的狗吗？
不是。
课上完了吗？
今天的课结束了。
你今晚必须阅读并记住我给你的单词表，预习明天的课程。

卢普斯库女士的单词表是用淡紫色的墨水写就的，闻上去怪怪的。
伯蒂拿着单词表来到了小山坡的一侧。他试着去背单词，但他的注意力总是无法集中。
最终，他把单词表折起来，压在了一块石头下面。
在夏夜的满月下，伯蒂一个人孤零零的，没人和他玩耍。
他跑去欧文斯家的墓穴去和他的父母抱怨。
如果又是关于卢普斯库女士的抱怨，我一个字都不会听。
反正无论如何你也该学习了，难道不是吗？
他怒气冲冲地跑进了坟场，感觉痛苦无助。

过来！
伯蒂很伤心，内心里
憎恨起每一个人。
他甚至怨恨塞拉斯，
因为他把他留在
这里独自离开了。
哼……
呼
呼
呼

在路尽头的山上，有三个人正在跑来。他们是威斯敏斯特公爵、尊贵的阿奇博尔德·斐兹休，以及澡堂与水井大主教。他们身材矮小，像是正常体型的人在太阳下晒缩水了。
他们互相之间说着黑话，比如……
如果尊贵的殿下对于我们目前身处何处有任何高见的话，我愿意洗耳恭听。否则的话，他还是免开尊口吧。
以及……
我的意思是说，主教大人，我知道这附近有个坟场。我能闻出来。
以及……
如果你能闻出来，我也应该能闻出来，因为我的鼻子比你的灵，尊贵的殿下！
他们一路胡侃，一路飞檐走壁，穿过郊区的花园……
来到大马路上……
沿着路跑向山坡顶上。

接着他们来到了坟场墙下，像松鼠爬树一样轻松地翻过了墙。
闻闻
看门狗。
在哪儿？
我不知道。肯定在附近。而且闻上去不像是什么好狗。
哈，有的人连坟场都没闻出来呢。
知道吗？它只是一只狗而已。
三个人穿过了坟场，来到了被闪电劈中的树的食尸鬼门前。
在门旁，在月光下，他们停住了。
它在家的时候什么样？

呼呼
嗯？
你们是谁！
我们是最重要的大人物，没错。这位是威斯敏斯特公爵……
而这位是澡堂与水井大主教。
幸会幸会。
呵
而我，则是荣耀的阿奇博尔德·斐兹休，非常荣幸与您相会、为您效劳。
现在，小伙子，你的故事是什么？别胡说八道，记住，你是在和一个主教说话。
你跟他讲，主教大人。

没人喜欢我。
没人愿意跟我玩。
没人欣赏我、关心我。
饶了我吧！！
你需要去有人欣赏你的地方。
没有那样的地方。而且我不能走出坟场。
你需要一整个世界的朋友和玩伴，一个充满乐趣与魔法的欢乐都市。在那里你一定会被欣赏，不会被无视。
照看我的那位女士，她做的食物糟透了。
食物！
我们要去的地方有世界上最好的食物。光是想想我的肚子就开始咕噜咕噜叫了。
我能和你们一起去吗？
跟我们一起去？
别这样，尊贵的殿下。仁慈点，看看这个小家伙。
我都不知道多久没吃一顿像样的饭了。
我投票赞成带上他。我们那边有不少好吃的食物。

你新奇的想法赢得了我的同意。
所以，你敢来冒险吗？还是你想在这里浪费余生？
我想冒险！
啊！
嗔 嗔 嗔 嗔
斯卡弗！瑟弗！哈瓦噶弗！
快！现在！
瓦弗卡拉多斯！

伯蒂坠落下去，在黑色大理石一般的黑暗中不断翻滚……
……一双强壮的双手抓住了他的腋下……
……他发现自己在一片漆黑之中摇晃起来。
他感到一连串的晃动和冲撞，风呼啸而过。
非常可怕，但又非常刺激。
接着出现了光，周遭的一切都变了。他们正从墙上坠落。墓碑和雕像从墙上凸出来，就好像一个巨大的坟场翻倒了一样。威斯敏斯特公爵，澡堂与水井大主教，以及尊贵的阿奇博尔德·斐兹休在雕像和墓碑之间回荡，一边前进一边把伯蒂在他们之间扔来扔去，但每次他们都能轻易接住。
我们要去哪儿？
但是伯蒂的声音被风声掩盖了。

他们
坠落得
越来越快，
但似乎
没有人
感到疲倦
或无法呼吸。
最终，他们落到了一个
巨大雕塑的侧面。
嗷！
然后伯蒂被
介绍给了……
第33届
美国总统。
中国皇帝。
这位是伯蒂大师。
他马上就会成为
我们的一员。
他在寻觅
一顿大餐。
嗯，一旦你成为我们
之中的一员，你一定会
饱餐一顿的，年轻人。
没错。
我成为
你们的
一员？
你是说，
我会
变成
你们？
这孩子，
聪明老练，
思维敏捷。
我们的一员！强壮的牙齿
可以咬碎任何骨头，
长长的舌头可以从胖男人
的脸上舔下皮肉。
可以穿行在阴影之中，
像空气一般自由，
像尖钉一般坚硬，
像、像我们一样危险。
但是如果我不想成为
你们之中的一员呢？

你不想？你当然想加入我们了！还有比这更好的事吗？我认为宇宙中不会有任何一个灵魂不想变得像我们一样。
最棒的生活，最棒的食物。
古尔海姆！
我们有最棒的城市——
你能想象沉重的棺椁收集到的黑色神血制成的饮料有多可口吗？
你们到底是什么人？
食尸鬼！
上帝啊，看来有人根本没有认真听话，是不是？我们是食尸鬼。
看！
在他们下方，一队小型生物正走在一条生踩出的小路上，他们正在穿过一片充满岩石和白骨的荒芜平原。
在他说出任何一个字之前……
哈！
……一双骨瘦嶙峋的手抓住了他，他腾空而起，摔了一连串的跟头。
伯蒂仰望城市，感到非常惊恐：一种混合着恶心、恐惧、厌恶、憎恶的感情掺杂着震惊，一起吞噬了他。

食尸鬼不会建造。他们是一群寄生虫、清道夫、食腐兽。古尔海姆城是他们很久之前找到的，并非是他们建造的。没人知道是什么样的生物建造出这些建筑物，但是毫无疑问，也只有食尸鬼们会愿意接近这里，待在这种地方。
食尸鬼移动迅速，他们成群结队地沿着沙漠上的小径移动，比秃鹫飞得还快。伯蒂被他们胁持着前进，一双强壮的食尸鬼手臂紧紧地将他高举过头顶。他被食尸鬼们抛来抛去，感到一阵阵恶心、恐惧，以及——尽管他不愿意承认——愚蠢。
在他们之上，有什么东西正在盘旋，它们有着巨大的黑色羽翼。
小心，别让夜魔偷走他。**该死的小偷。**
对！我们恨小偷！
夜魔！
伯蒂深吸了一口气，然后就像卢普斯库女士教授的那样，竭力大叫。
啊嗷咔！

一只有翼
怪兽俯冲向
他们，
向下低徊，
伯蒂再次
发出了声音。
啊嗷咔！
啊……
真是个好主意，
把它们引诱下来，
不过相信我，
只有腐烂几周
之后它们才能吃，
而且它们总是
会惹出各种麻烦。
我们可不想
和它们起冲突，
对吧？
死之日落下，两个月亮升起，
其中一个泛着蓝绿色，
像是发霉的奶酪。
食尸鬼们停下来安营扎寨，
“著名作家维克多·雨果”
搞来了一堆棺材木，生起了篝火。
等月落时
我们再出发
向古尔海姆前进。
还有九到十
小时的路程。
然后我们就会举行一场
派对，庆祝你成为我们
中的一员。
不会痛的，至少
你不会注意到的。
想想你之后会
变得多开心吧。
但我不想成为
你们中的一员。

无论你选择哪条路，
你都会加入我们。不过
另外那条路更加不堪，
毕竟涉及被消化。
成为
食尸鬼
棒极了。
我们
无所畏惧！
所有聚集在棺材木生起的篝火边上的食尸鬼们都
低吼高嚎起来，交口称赞无所畏惧的感觉有多美妙。
啊啊
嗷嗷嗷
咳
嘘
那是
什么？
沙漠里的什么东西。
安静！
它能听到我们！
食尸鬼们安静了一小会儿，
直到他们忘记了沙漠里的那东西。
他们开始唱起了食尸鬼之歌，
那是一首关于腐烂的尸体残骸
哪部分可以吃、该以什么顺序吃的歌。
我想回家。
我不想
呆在这里。
别这样。
一旦你加入我们，
你甚至都不会记得
你曾经有个家。
我完全不记得
我成为食尸鬼
之前的日子。
我也是。
不记得。

澡堂与水井大主教跺了跺脚。
你会成为史上最聪明的、最强壮的、最勇敢的精英生物之一！
伯蒂对于食尸鬼的机智勇敢不为所动。不过他们很强壮，也很敏捷。想要从他们之中逃走简直是不可能的任务。
啊啊嗷嗷嗷嗷嗷嗷
嘘
嘘
嘘
伯蒂听到食尸鬼们开始抽泣并咒骂起来。他闭上眼睛，感到自己很可怜、很想家。
我不想成为食尸鬼。
现状如此绝望，我要怎么才能入睡？
我要……
怎么……
呼呼呼呼呼

一阵噪音吵醒了他。那声音很响、很近，充满了不安。
我凭什么知道他们在哪儿？他们消失了！
食尸鬼不可能简简单单地消失！
是夜魇！它们来抓我们了！
剩下的食尸鬼惊慌不已，匆匆开始打包行李拔寨起营。
第33届美国总统一把将伯蒂抱到肩膀上……
……食尸鬼们再次上路奔向古尔海姆，不过这个早上他们明显精力不济。
大约到了中午，死眼之日高悬头顶之时……
他们看上去——在一路颠簸的伯蒂眼中——似乎是在逃命，在躲避什么东西。
看！

我们需要石头。很多很多的石头……
做好准备！
啊啊嗷嗷
你听到了吗？
没有。
我也没听到。
啊啊啊嗷嗷
我们必须赶紧回家。
噩梦之城古尔海姆坐落在他们前方不远处的一块高耸凸出的岩石上。
夜魇来了！
快向它们扔石块！
啊嗷咔！
伯蒂此刻的视野上下颠倒，他在第33届美国总统的背上不断颠簸着。
用膝盖夹住那个总统！

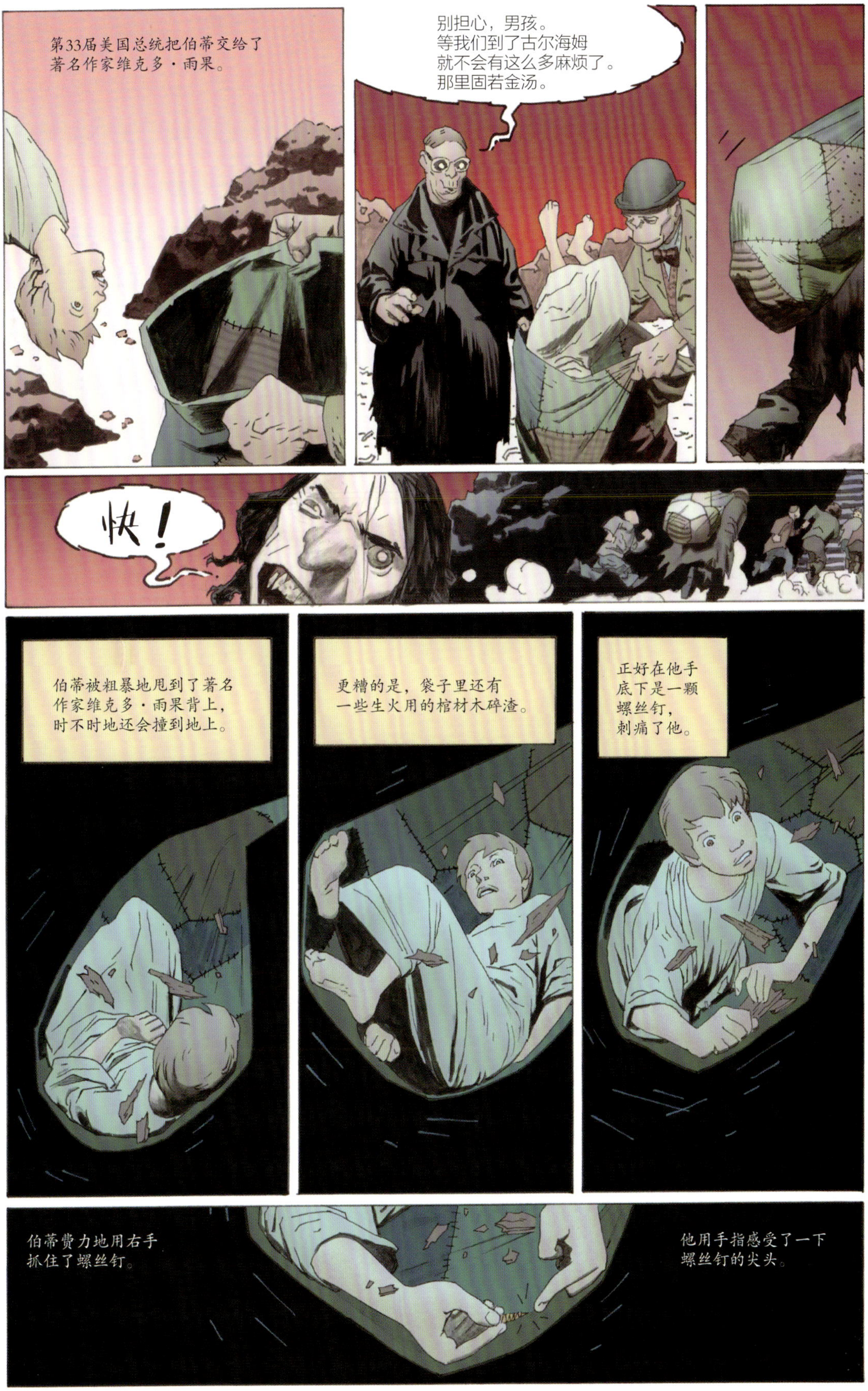
第33届美国总统把伯蒂交给了
著名作家维克多·雨果。
别担心，男孩。
等我们到了古尔海姆
就不会有这么多麻烦了。
那里固若金汤。
快！
伯蒂被粗暴地甩到了著名
作家维克多·雨果背上，
时不时地还会撞到地上。
更糟的是，袋子里还有
一些生火用的棺材木碎渣。
正好在他手
底下是一颗
螺丝钉，
刺痛了他。
伯蒂费力地用右手
抓住了螺丝钉。
他用手指感受了一下
螺丝钉的尖头。

他把螺丝钉扎进麻袋的布料里……
……用尖头
刺出去……
……再拔
回来……
……然后在第一个洞
下方不远处再扎一个
洞……
他在麻袋里又听到嚎叫的声音。
能令食尸鬼们闻风丧胆的东西
肯定比食尸鬼们更可怕。
如果我从麻袋里
一出来就落入
更可怕的猛兽的
爪下该怎么办?
我在死的时候能
保有我的全部记忆,
我记得我的父母是谁,
塞拉斯是谁……
不过至少,
如果我死了,
我是以我自己的
身份死掉的。
我甚至记得
卢普斯库女士
是谁。
这样很好。
他再次用螺丝钉刺入了麻袋,
用力向外推。

俘虏了伯蒂的人的运动方式改变了，不再是一直向前，变成了一系列不同方向的运动……
来啊，伙计们。爬上台阶我们就到家了，**古尔海姆**保护大家安全！
快啊！大主教！
向上……
……再向前。
向上……
……再向前。
向下望去，他可以看到几百英尺下的沙漠荒原。
他的左边是悬崖峭壁。如果想逃跑他必须保证自己准确地落到台阶上，并祈祷食尸鬼们不会发现他跑了。
而上方……

他很高兴地发现，他们之后没有其他的食尸鬼了，著名作家维克多·雨果在队伍最末殿后。在他后面没人能提醒他注意麻袋后面渐渐扩大的洞。
如果伯蒂掉出来也不会有人看到……
但是还有别的东西……
……正在追逐他们……
……某种又大又灰的东西。
当他弹回麻袋另一边远离那个洞时，伯蒂记起了欧文斯先生说过的话。

他曾
经说……
我身处于魔鬼
和蓝色深海之间。
伯蒂当时搞不懂这话是什么意思，
他在坟场里既没有看到什么魔鬼，
也没有什么蓝色深海。
现在他
明白了。
我身处于食尸鬼
和怪兽之间。
正当他思索的时候，
尖利的犬牙咬住了麻袋，
向外拉拽，伯蒂弄出的洞
撕开了一道大口子……
……他跌跌撞撞地摔到了石阶上。

见鬼！
地狱猎犬
抓住了
那个男孩！
……威斯敏斯特公爵说道。
别管
他了！
跑！
……中国
皇帝说道。
糟糕！
……第33届美国总统
说道。
他们仓皇逃跑，但还不忘
停下来对野兽和伯蒂做出
粗鲁的手势。
野兽
原地
不动。
它现在
就要吃掉
我了……
真聪明啊，
伯蒂。

我究竟为什么
要离开坟场？
有人在等着我。
无论是否面对怪兽野狗，
我都必须回家。
他推开野兽，
坠落下来，
扭到了脚踝。
他听到野兽向他跳下来，
他试图蠕动离它远点，
但他的脚踝太没用了，
在他能停下来之前……
……他再次摔了下去，
这次摔到了半空中。
他在坠落时听到了灰色野兽发出的声音，
卢普斯库女士的声音。
哦，伯蒂。

这就像是他做过的每一个坠落的梦一样。伯蒂的脑中只能容得下一个巨大的惊人的想法……
那只大狗其实是卢普斯库女士。
以及……
我马上就要摔到石板地上，粉身碎骨！
我在飞！
他的确在飞。
伯蒂发出了代表着求助的尖叫。
啊嗷咔！

夜魇笑了笑，
发出了一声低沉的
吼叫作为回复。
呼—呜
它看上去很开心。
嗷！
一只如同大狗一般的巨大灰色野兽穿过荒芜的沙漠，
从古尔海姆的阴影中向他们狂奔过来。

这是夜魔第三次救了
你的命了，伯蒂。
“第一次，当你呼救时，
它们听到了。它们把
消息传给我，告诉我
你的所在位置。”
“第二次，在昨夜的篝火旁，
在你沉睡之时，它们在黑暗中，
在那些食尸鬼的头顶盘旋。”
他给我们带来了霉运，
我们应该用石头把他的
脑子敲碎，把他藏在
我们能找到的地方。
等他慢慢腐烂之后，
我们再吃了他。
“夜魔悄悄地
解决了他们。”
现在是
第三次。
卢普斯库
女士？

像狗一样
巨大的
头向他低下来，
在这个充满
恐惧的瞬间……
……他以为
她会咬他一口。
舔舐
你的脚踝
受伤了？
是的，
这只脚
没法站。
你爬到
我背上吧。
抓住我的毛，抓紧了，
我们出发之前，
跟我一起说……
嘶科啊啊！
这是什么
意思？
谢谢，
或是再见，
或者两种
意思都有。
嘶科啊啊！
嘿！
嘶科啊啊！

然后，夜魇伸展它巨大的皮翅膀，被风托起，像是风筝一样开始翱翔。

抓紧了。
我们要去墓地
围墙那边吗？
食尸鬼门那里？不，
食尸鬼才走那里。
我是上帝之猎犬。
我走我自己的路，
出入地狱。
伯蒂感觉她越跑越快。
巨大的月亮升起，接着是霉菌色的小月亮，
然后是红宝石一般的月亮。
灰狼以稳定的步伐跑过白骨荒原。

她停在一个残存的泥土建筑前。
那建筑看上去像是一个巨大的蜂巢，
旁边是一条从砂中从涌出的小溪。
这里就是边界了。
伯帝向上看去。三个月亮都不见了，现在他能看到银河，铺天盖地地覆盖了整个苍穹，散发出微弱的光芒。天空中群星满布。
好美啊。
等我们回到家，我会教你星星和星座的名字。
好啊。

伯蒂爬上她巨大的灰色脊背，
把脸埋在她的毛发里，
紧紧地抓住了她……
……似乎只过了一小会儿
他就已经被带回了坟场，
带到了欧文斯一家的墓穴里。
HAMPS
他的脚踝受伤了。
可怜的小家伙，我真的很担心他。不过现在他回来了，这才是最重要的。
他卧倒在自己的枕头上，舒服极了，立刻陷入了困顿而温柔的黑暗之中。
崔佛瑟斯医生（1870–1936，愿他带着荣耀苏醒）检查了伯蒂的脚踝，诊断说……
只是扭伤而已。
乔思雅·沃兴顿准男爵的黑檀木拐杖是他的陪葬品，他坚持把拐杖借给伯蒂用。
伯蒂很开心地靠在拐杖上，假装自己已经一百岁了。

第二天一早，
伯蒂步履蹒跚地
走上了山坡。
“上帝之猎犬。”
纸上的字是用紫色
墨水印出来的，
便签上的第一项写着：
第一，那些被人们称为狼人或是化狼的生物自称为上帝之猎犬，因为他们认为自己的变身能力是造物主的馈赠。他们以捕猎作为对这份馈赠的回报，他们会将作恶者逐到地狱的大门。
不只是
作恶者。
他读完了整个便签，
努力记住上面的内容，
然后他走下山坡，
走向礼拜堂。
卢普斯库女士正在等他，桌上有一小块肉派
和一大碗薯条……
……以及一堆
用紫色墨水
写就的相似的
便签纸。

两个人一起
分享了薯条……
……卢普斯库女士
甚至笑了一两次。
塞拉斯在月末回来了。
他左手提着他的黑包，
右手有些僵硬地抬着。
但这是塞拉斯，
见到他伯蒂特别开心……
……当塞拉斯拿出
给他的礼物时，
他更加开心了。
金门大桥。
我相信在我
离开期间一切
都很顺利。
我学了很多东西。
那是大熊座
和它的孩子，
小熊座。
那是天龙座，
一只巨龙蜿蜒
在它们中间。
很好。
那你呢？
你离开期间
学了什么吗？

哦，
当然。
我也是，
我也学会了
一些东西。
很好。
你知道吗，我听说了
一些我离开期间的传闻。
咕咕咕咕咕

我听说几周前，你们俩
去了很远的地方，离开了
我可以追踪的范围。
……但是，食尸鬼
和别的生物不一样，
他们的记忆非常短暂。
一般来说，我会劝你们
更加小心谨慎……
没事的，
卢普斯库女士
会照顾我的。
我不会陷入
危险之中的。
他需要学习的东西太多了。
也许我明年会回来再教他。
那太好了。

第四话
女巫的墓碑
大家都知道，
坟场的某个角落
安葬着一位女巫。
欧文斯太太很早
之前就警告过伯蒂
不要靠近坟场的
那个角落。
为什么？

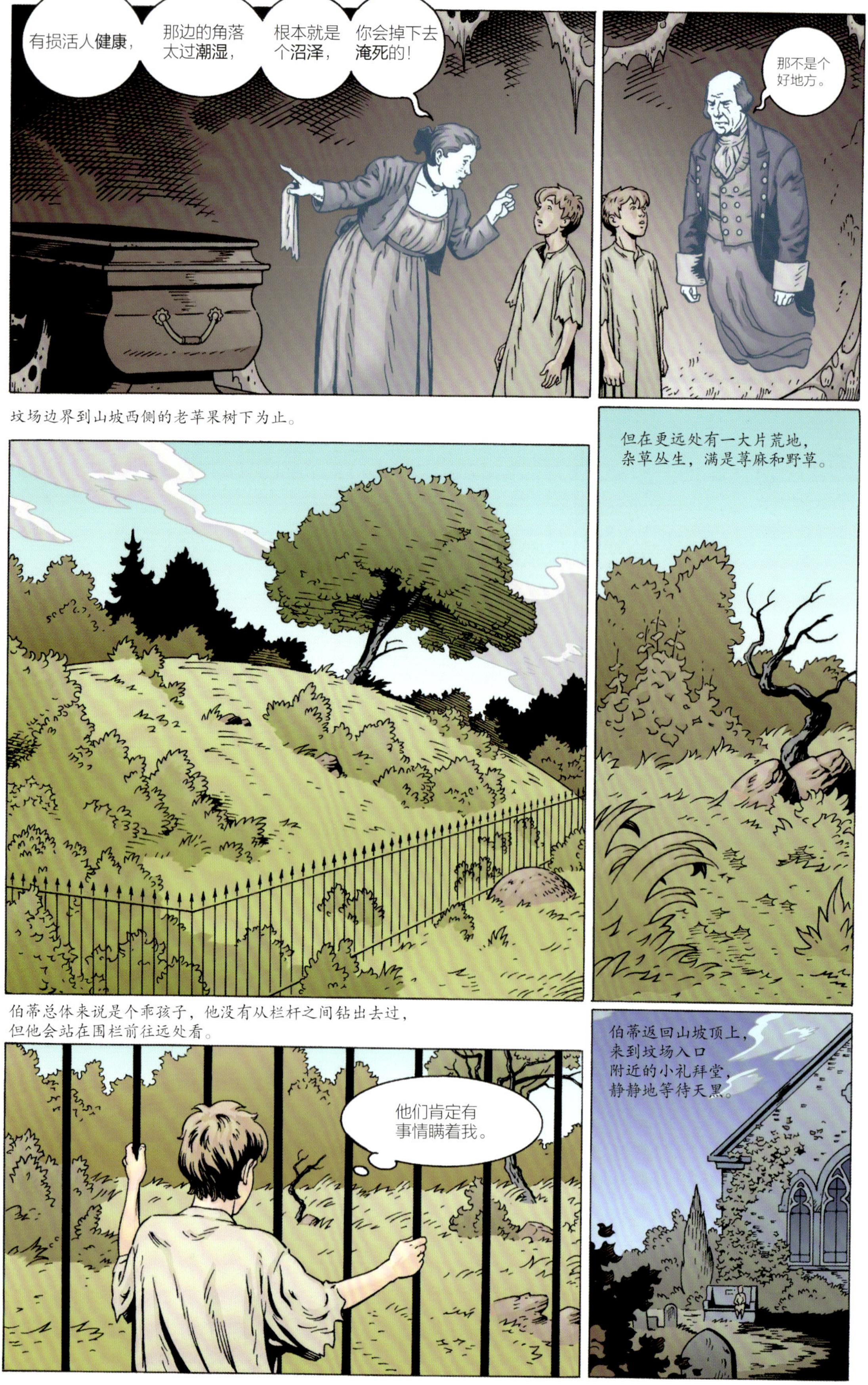
有损活人健康，
那边的角落
太过潮湿，
根本就是
个沼泽，
你会掉下去
淹死的！
那不是个
好地方。
坟场边界到山坡西侧的老苹果树下为止。
但在更远处有一大片荒地，
杂草丛生，满是荨麻和野草。
伯蒂总体来说是个乖孩子，他没有从栏杆之间钻出去过，
但他会站在围栏前往远处看。
他们肯定有
事情瞒着我。
伯蒂返回山坡顶上，
来到坟场入口
附近的小礼拜堂，
静静地等待天黑。

随着黄昏的颜色
渐渐从灰转紫，
尖塔内部传来
一阵噪声，
像是沉重的
天鹅绒飘扬在
空中的声音。
塞拉斯离开了
他休憩的钟楼，
头朝下从尖塔上
攀爬下来。
坟场远处的
那个角落
有什么东西？
你为什么
要问这个？
好奇而已。
那是不洁之地。
你知道这是
什么意思吗？
不知道。
世上有人相信
所有的土地
都是神圣的。
在这里，在**你**所在的土地上，
他们祝福教堂以及预留出的安葬
亡者的土地，令这里变得圣洁。
“但是他们在圣洁之地
的旁边划出了不洁之地、
窖户之田*，用来埋葬罪犯、
自杀者，以及没有信仰的人。”
所以被埋在围栏另
一侧的人都是坏人了？

*窖户之田，出自《圣经马太福音》27:7，又称“血田”(Akeldama)，
指用来埋葬穷人、无名氏和罪犯的墓地。

嗯？哦，也不尽然。
让我想想，我很久都没有去那边了。但我不记得那里有谁是真正的恶人。
“要知道，很久之前人们会因为偷了一先令而被吊死。”
“而总有一些人的生活难以为继，他们只得加速转化为另一种存在形式。”
你的意思是，他们自杀了？
没错。
这行得通吗？他们死后变得快乐了吗？
有些人是。但大多数人并没有更快乐。这就像是有些人相信如果在遥远的他乡定居就会幸福快乐，但最终发现一切并非如此简单。无论你去往何方，你总得带着你自己。你懂我的意思吗？
大概吧。但是女巫呢？
嗯，没错。
自杀者、罪犯以及女巫。那些未能在死前忏悔的人。
我们聊了这么半天，我还没吃早饭呢，而你上课也要迟到了。
在坟场的暮色之中，漆黑的天鹅绒飘扬而起。塞拉斯不见了。

*四元素学说，古希腊认为万物是由地、水、火、风四大元素构成的。体液学说，古希腊医学理论，认为人体是由血液、黏液、黄胆汁和黑胆汁四大体液构成的。这两种学说之间有对应关系。

伯蒂更努力地尝试了一次。
你和你脸上的鼻子一样清晰可见。
而你的鼻子非常显眼。
和你脸上其他的部位一样，年轻人。
你的整个身体也是。
嗯嗯嗯～～
苍天啊，你必须腾空你的脑子。
现在，
你是一条空荡荡的小巷，
你是一条无人经过的走廊，
你什么都不是，
目光不会看到你，
意识无法捕捉你，
你所在之处一无所有，空无一人。
再试一次。
伯蒂闭上眼睛，想象着自己变成了黑夜中的一道影子。
嗯嗯
阿嚏！
太糟糕了。
我必须和你的守护者谈谈。
现在。
列出四大体液对应的气质。
呃。
多血质，
胆汁质，
黏液质，
还有另外那个，
抑郁质……
……大概吧。
课程就这样继续，直到该上语法和作文课了，而授课老师是……
拉提塔·博洛斯小姐
本教区终身未婚的女性
她一生奉献给讲台，
从未伤害过任何人
读到这里的朋友，
你敢说自己也是如此吗？
伯蒂很喜欢博洛斯小姐。她非常容易被伯蒂带跑题。

他们说在那边的不……
不洁之地有个女巫。
是的，亲爱的，
但你可不能去那边。
为什么？
那边的人和
我们可不一样。
但那边也是坟场，
对不对？如果我想的话，
我可以去那边，对吧？
我不建议
你那么做。
伯蒂很乖，但好奇心很旺盛，所以当这一夜该上的课程都上完时，他没有跑回山脚下的窑户之田，反而走上了山坡，来到了曾经是野餐草坪上的一棵大苹果树下。
伯蒂懂得一些道理。他在几年前吃了一肚子的生苹果，然后后悔了好几天。现在他懂得一定要等到苹果熟了再吃。他在上周刚刚吃掉树上最后一颗苹果，但他很喜欢这棵树，喜欢在上面思考。
她是不是住在
长着鸡爪的
移动房屋里旅行？
她有没有
会飞的扫帚？
我很好奇是什
么样的女巫被
埋在那边？

伯蒂的肚子咕咕叫了起来，他感觉饿了。
如果我没有把所有的苹果都吃掉就好了。
真希望我还剩了……
剩了一个。
咔嚓
一阵猛烈的疼痛。他落在了守墓人的稻草堆肥上。
啊嗷……
安静，你安静啊，男孩。

你从哪里来的？
你掉下来跟块雷石似的。
你这是要干什么？
我刚刚在苹果树上。
你可真是走了狗屎运，男孩，能直接掉在堆肥上。
哦，对哦。不过伤到了腿。我叫伯蒂。
活着的男孩？
我们在窑户之田的人都听说过你。他们怎么称呼你？
欧文斯。诺伯蒂·欧文斯。简称伯蒂。
你好，年轻的伯蒂少爷。
你是自杀者？还是偷了一先令？
我从没偷过任何东西！
嗯，自杀的人都在那边，在山楂树的另一侧。
有两个吊死鬼都在黑莓田那边。
一个是个铸币师，另一个自称是个马背上的劫匪，不过要我说，他不过就是个拦路抢劫的，或者是个劫夜路的。
呃，
等下。

他们说这里还埋着个女巫。
她被淹死、烧死、然后埋在这里，连一块标记墓地的石头都没有。
你被同时淹死和烧死了？
嗯。
让我给你讲讲吧。
他们在黎明时分来到我的小木屋，把我拽到了村中央的草地上。“你是个女巫！”他们大叫道。他们每个人都粉雕妆玉琢，光鲜亮丽，但都很胖，像是一群猪。
“他们一个接一个地站在天空下，讲述起牛奶变酸、马儿变瘸的故事，最后，那位最胖、最粉嫩、最光鲜亮丽的杰米玛女士站了起来，开始讲述……
所罗门·波里特对我不闻不问，这一定是她的魔法！是她施法让年轻可怜的所罗门鬼迷心窍。
“于是他们把我绑在了水刑椅上，把我沉到了鸭湖里。他们说如果我是女巫，我不会被淹死，也不会介意被如此对待，但如果我不是女巫，我会感受到窒息。”

“杰米玛女士的父亲给了在场的每个人一枚银币，让他们把椅子沉在水里更久一点，看看我会不会被呛到。
那你呛到了吗？
当然了，我肺里都是水，我完蛋了。
哦，原来你不是女巫。
你在说什么胡话。我当然是女巫了。
他们也发现了这一点。那是在他们把我解下来，在村中央的绿地上将平了我的身体的时候。我湿得透透的，全身上下都是浮萍和恶臭的淤泥。
我转了转眼球，然后诅咒了在场的每一个人。我诅咒他们不得好死，永世无法安息。
我没想到那个诅咒会如此顺利。就像是跳舞一样。我用尽了最后一口气，满嘴都是池塘里的水，我就是这么诅咒他们的。
然后我就不行了。
“他们在草地上烧掉了我的尸体，直到我变成一团焦炭。
“然后把我扔进了窑户之田的一个大坑里，没有留下一块标记我名字的墓碑。”
甚至没有一块石头。

他们中有人葬在这个坟场里吗？
一个都没有。
“他们淹死又烧死我之后的那个周六，波灵格殿下收到了一块远从伦敦镇送来的地毯。然而地毯不仅是由坚韧的羊毛和精致的编织图案组成的，它的花纹图案里藏着瘟疫的种子。”
“周一，五个人开始咳血。”
“一周之后，村子里的大部分人都中招了。尸体被胡乱地扔进一个在村外挖出的坑里，专门用来放置被瘟疫感染致死的人，之后，这个坑被填埋了。”
村里的每个人都病死了吗？
每个眼睁睁地看着我被淹死、烧死的人都死了。
你的腿怎么样了？
好点了，谢谢。
所以你一直是女巫吗？我的意思是，在你诅咒他们之前你就是？
哼
难道让所罗门·波里特在我的小木屋周围转悠还需要什么巫术吗？
这根本算不上回答了他的问题，伯蒂想。

你叫什么名字？
我可没有墓碑。
我可以是任何人，对不对？
但你肯定有名字。
丽萨·汉姆斯托克，如果你愿意叫的话。
这算不上是什么不情之请，我只想要个标记我墓穴的东西。
我就被埋在这地下，看到没？
然而我安息的地上只有荒草。
一时之间她看上去如此悲伤，伯蒂想要抱抱她。伯蒂在挤过围栏间的缝隙时突然想到一件事。
我要给丽萨·汉姆斯托克弄一块墓碑。
铭记她的名字的墓碑。
她会开心地笑出来的。
他转过身想挥手告别。
不见了。
坟场里有不少其他人的墓碑的残块，但对于住在窑户之田的女巫而言，这些都不合适。
他决定不告诉任何人他的计划，因为他知道他们的反应会是如何……
不许那么做！

接下来的几天，他满脑子都是各种计划，一个比一个复杂夸张。佩尼沃斯先生对他非常失望。

我认为如果你有任何变化的话，你变得更糟了。
有没有那种活人开的只卖墓碑的专门商店呢？
你太明显了，男孩。
我怎么才能在附近找到呢？我根本不关心我的消隐技能练得怎样了。
你真是
太
显眼了。
如果你和一只紫色的狮子、一头绿色的大象，以及骑着红色独角兽，盛装出行的英格兰国王一起走到我面前，我敢打赌是你，而且只有你会引起大家注目观望。
把那些鸡毛蒜皮的琐事从脑海中赶出去！
啥？
他利用了博洛斯小姐容易被带跑题的弱点，把话题从语法引到了……
钱。
具体而言钱是怎么用的？
你如何能用钱得到你想要的东西？
这些年来伯蒂收集了不少他找到的硬币，他觉得这些硬币终于有用武之地了。

墓碑要
多少钱？
在我那个年代，
要十五几尼*。我不
知道现在要多少钱。
我猜肯定更贵了。
贵多了。
伯蒂
有整整
……
两英镑五十三
便士。肯定不够。
距离上一次伯蒂光临那个蓝紫色人
的墓穴已经过去四年——
或者说是半辈子了。他爬上了山顶，
来到了弗罗比舍陵墓门口，
陵墓看过去像是一颗腐坏的牙齿。
他溜了
进去……
……进入了
棺材背后
的小洞里，
一路向下
……
……继续向下……
……来到了山
体的正中心。

*几尼，英国在17世纪到19世纪间使用的货币，是英国第一种用机器制造的金币。

四周一片漆黑，但是伯蒂可以像亡者一样在黑暗中视物。斯厉尔沿着墙边蜿蜒盘踞，烟雾缭绕，触须横行，空气中充满了仇恨和贪婪。
FEAR US, FOR WE GUARD THINGS PRECIOUS AND NEVER-LOST.
惧怕我们吧，我们守护的奇珍异宝从不会遗失。
我不怕你，记得吗？而且我需要从这里拿走一些东西。
NOTHING EVER LEAVES. THE KNIFE, THE BROOCH, THE GOBLET. THE SLEER GUARDS THEM IN THE DARKNESS.
任何东西都不会离开这里，无论是胸针、圣杯还是匕首。
斯厉尔在黑暗中守护它们。
WE WAIT.
我们等待。
不好意思问一下，这里是你的墓穴吗？
MASTER SETS US HERE ON THE PLAIN TO GUARD. BURIES OUR SKULLS BENEATH THIS STONE. WE GUARD THE TREASURES UNTIL THE MASTER COMES BACK.
主人让我们在平原上守护。
将我们的头骨埋在石头下。我们守护宝藏，直到主人回来。
我猜他早就把你们忘了。他肯定早就死了不知道多少年了。
WE ARE THE SLEER.
我们是斯厉尔。
WE GUARD.
我们守护。

伯蒂能感到斯厉尔像是
某种食肉植物的触须
在自己周围蜿蜒盘旋，
将一波波恐惧感传递给他。
他开始感到寒冷、迟缓，
好像被某种极寒的毒蛇
咬中了心脏一样。
HISH! WE GUARD THAT FOR THE MASTER.
嘶！我们要为主人守护。
他不会
在意的。
IT COMES BACK.
它会回来。
ALWAYS COMES BACK.
总会回来。

伯蒂竭尽全力
跑上了石阶。
有一瞬间他感觉有什么
东西正在后面紧追不舍。
但当他冲出来回到
山顶时，他身后
并没有任何东西。
伯蒂坐在空地上，手里抓着
那枚胸针。一开始他以为
它是全黑的，但当太阳升起时，
他看清了黑色金属中央的宝石
闪耀着斑驳的红光。
他紧盯着宝石，他的目光
和灵魂都被深深地吸引进了
这个深红的世界。
宝石被爪子似的东西固定住，
还有某种东西盘绕在周围。
说不定这就是斯历尔
在日光下的样子。
他溜下山坡，抄了很多近道，
穿过满布常青藤的灌木丛，来到了窑户之田。

丽萨！
丽萨！
早上好，
年轻的小笨蛋。
我应该去
睡觉的。
你为什么
这么慌张？
我想知道你想要在
你的墓碑上写什么。
上面必须要有我的名字，
大写的字母E，代表我的
名字伊丽莎白，和我出生时
去世的女王是同一个名字，
然后要大写的H，代表
我的姓氏汉姆斯托克。
除此之外的我也
不在乎了，反正我也
从来没有学会字母表。
你有工作吗？
在你不当女巫
的时候？
我帮人洗衣服。
清晨的阳光洒满了整个荒地。
丽萨不见了，只剩下了伯蒂一人。
现在是早上九点，整个世界都在沉睡。
伯蒂下定决心保持清醒。毕竟，他身负重任。
他现在八岁了，他不会害怕坟场外面的世界了。
衣服。
我需要衣服。

毁掉的教堂地下的
灵堂里有一些衣服。
但伯蒂
不想对
塞拉斯
解释自己
的计划。
园丁小屋。
Esso

他感觉自己变成了潮男。
阿莫莱德
伯蒂走进了外面的世界，心脏跳得咚咚响。

阿巴那泽·博尔格这么多年里曾经见到过很多奇奇怪怪的人；如果你拥有一间类似阿巴那泽那样的商店，你也会遇见那些怪人的。
WARNING
古董店
ANTIQUES

但是在阿巴那泽·博尔格坑蒙拐骗陌生人的诈骗生涯里，这个清晨进到他店里的男孩是他遇见过的最诡异的人。

看上去大概七岁。
闻起来有股牛棚的味道。
他要么是刚偷了什么东西……
……要么是想要来卖掉他的玩具。
唔。
手里攥着什么东西。
打扰了。
我要为我的朋友准备点东西，所以我想也许你能买点我的东西。
我不从孩子手里买东西。

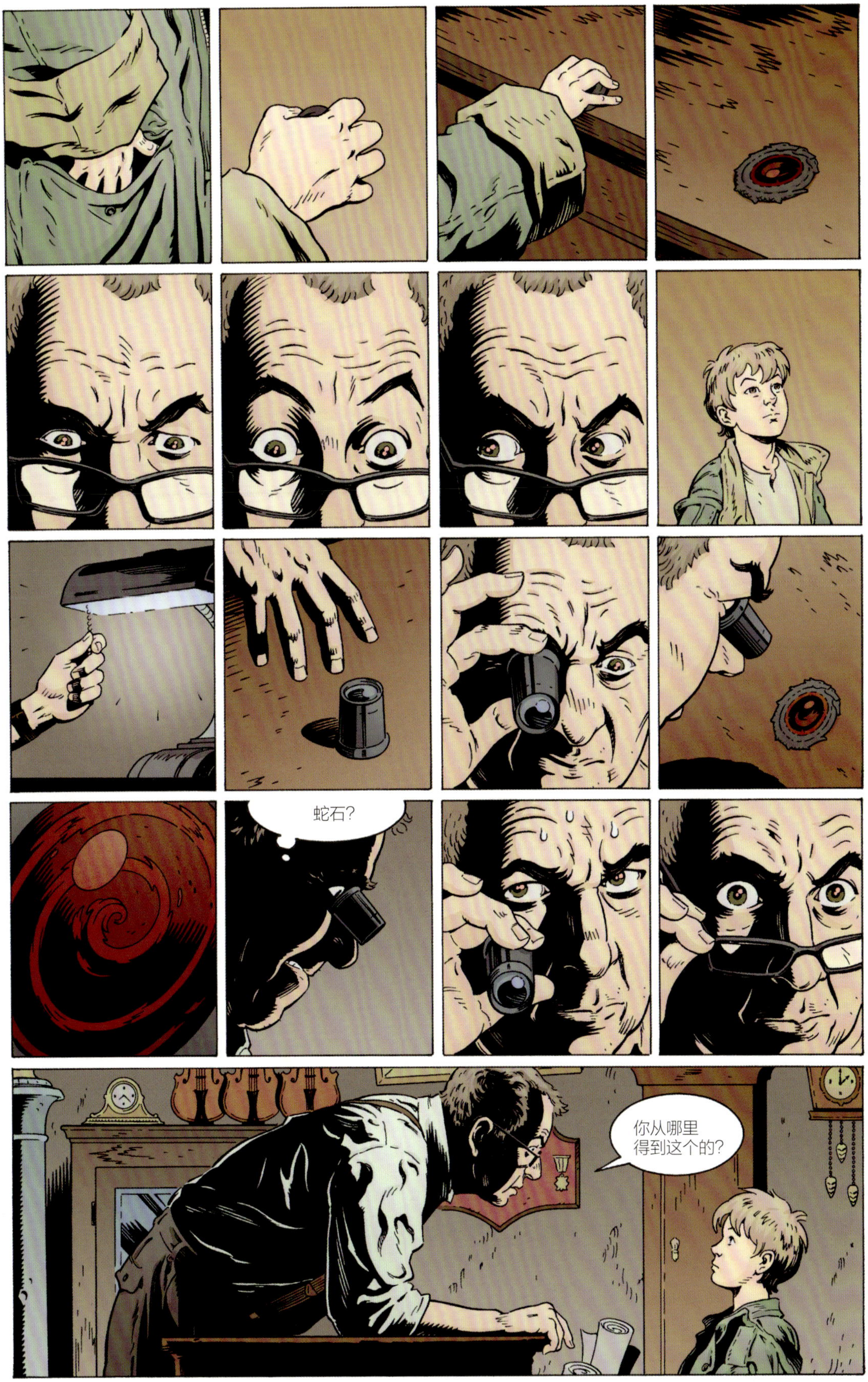
蛇石?
你从哪里
得到这个的?

你想买下吗?
你是偷来的。你从某个博物馆里偷了这玩意儿，对不对?
不是。你要买吗?不买的话我就去找别人了。
抱歉。
这年头很少能见到这玩意儿了，大部分都在博物馆里。我当然想要它。
这样如何?
不如咱们到后面的房间里坐下来，喝点茶，吃些茶点，好好聊聊像这样的好东西究竟值多少钱，你说呢?
我需要足够的钱来买一块墓石。
为我的朋友做一个墓碑。
呃，其实她也算不上我的朋友。
只不过是一个我认识的人。
嗯嗯。
Bites
吃饼干吗?

阿巴那泽再次检视了胸针：
红色和橙色的螺旋光泽，
包裹着宝石的黑色金属外壳。
他强压住看到蛇头后的些微颤抖。
这东西很旧了。它……
……是无价之宝。
很可能并不值很多钱，不过很难说。
哦。
我必须确认这不是赃物，否则我不能付你钱。你是从你妈妈的梳妆台里拿的，或者从博物馆里顺出来的？
你可以跟我说实话，我不会给你找麻烦，我只是必须知道来源。
如果你无法告诉我，你还是收回去吧，毕竟要彼此信任才能做交易。
很高兴和你做生意。
很遗憾我们无法成交。

我是在古墓里发现的，
但我不能说是哪里。
这样的东西，
那里还有很多？
如果你不想买的话，
我就找别人去。
你挺着急的，是吗？
妈妈和爸爸正在等着你吧？
没有。
我是说……
没人等你。
很好。
现在，老实告诉我，
你究竟在哪里找到这个的？
我不
记得了。
太迟了。

这样吧，你在这里好好地想一会儿，仔细回忆一下这玩意儿是从哪儿来的。然后等你想起来了，咱俩再好好聊一会儿，你要把一切都告诉我。
咣
CLOSED
我可不希望今天来什么惹是生非的人。
咔哒
抱歉
暂停营业
有好东西，汤姆，赶紧过来。

伯蒂违反了
坟场里
所有的规则，
一切都不顺利。
太笨了。
太笨了。
欧文斯夫妇
会怎么说?
塞拉斯
会怎么说?
他感觉自己开始惊慌失措了。
得
出去。
出去。
出去。出去。出去。
他强压着
自己的恐慌，
打量他被困
的房间。
不过是个
放了张桌子的
储物间而已。
唯一的
出入口就是
那扇门。
他在桌子抽屉里只找到了几
小罐颜料（用来让古董变得
焕然一新）和一个笔刷。
也许我可以把颜料
扔到那个男人脸上，
让他看不见东西，
争取足够的时间逃跑。
你在干什么?
没什么。
你为什么
会在这里?
那个老胖子
是谁?

这是他的商店。我本来打算卖点东西给他。
为什么？
不关你的事。
好吧，
……你该回坟场了。
回不去。他把我锁这里了。
你当然有办法。只要穿墙而过就行了。
我只能在家里那么做，因为我有坟场的自由通行权。
算了，你在这里干什么？
你应该待在坟场里。
规矩对那些埋在不洁之地的人来说毫无作用。没人能规定我该做什么，或者该去哪里。
我不喜欢那个人，我去看看他在干什么。
嗯
？
那男孩被锁在屋里了。
前门也上锁了。
营业中

阿巴那泽对于他不得不卖掉这个胸针开始感到遗憾。它越在他的手中闪耀发光，他就越发希望这枚胸针能属于自己，只属于自己。
发现这东西的地方肯定还有更多宝藏。
那个男孩会告诉我的。
那个男孩会把我带过去的。
那个男孩……
卡片……
……就在这里某处。
啊！
杰克
在卡片的背面，阿巴那泽·博尔格给自己留下了如何用卡片来召唤杀手杰克的提示。
杰克
不，不是召唤，是邀请。你怎能召唤像杰克那样的人。
营业中
快点！外面真是糟透了。太惨了，我都湿透了。

到底有什么重要的事，你都不能在电话里讲？
我们要发财啦，这就是原因。
怎么回事？有什么好货从卡车后面掉下来了吗？
宝贝。两个宝贝。
很古老了，对吗？
异教徒时期的东西，在罗马人来到这里之前。这东西被称作蛇石。发现这东西的男孩说是从墓穴里找到的——想想看，同样的东西，能装满车。
也许我们应该合法挖掘。
我们宣布它是我们发现的宝藏。他们必须付我们市场价，我们还可以以自己的名字命名这个宝藏。
“哈斯汀—博尔格宝藏。”
博尔格—哈斯汀。
我认识几个真正的有钱人，如果他们能像你这样握着这宝贝的话，他们愿意付出比市场价更高的价钱。
而且他们还不会问东问西的。
啥？
哦。

*这里的歌词出自英国著名童谣《橘子和柠檬》，全文如下：“柠檬酸橙子甜。”圣克莱门特的大钟说。“你欠我的两分钱。”圣马丁教堂的大钟说。“什么时候还给我？”老百利的大钟说。“下一个富裕的丰收年。”肖尔迪奇教堂的大钟说。“要我等到啥时候？”斯特普尼的大钟说。大勃钟，晃晃头：“等到清水熬出盐。”“点一支蜡烛，你去睡觉，刽子手马上会来到，咔嚓咔嚓一声响，排最后的脑袋被砍掉。”

两个人反复思考了半天，列举出“把男孩交给杰克”以及“让他带着去收集宝藏”这两个选择之间的优缺点。在他们的脑子里，那个所谓宝藏已经被想象成了一个装满奇珍异宝的地下大宝库。
……来喝点酒庆祝吧。
来……
你现在怎么样了？
我在试着消隐。
再试试。
嗯嗯嗯哼哼
快停下来，你快要炸了！
也许我可以用石头砸他，然后赶紧跑掉。
哼。
说不定我可以把这个硬东西扔过去，把他打昏？

现在外面有两个人了。即使第一个人没抓到你，第二个也会抓住的。
他们说想让你把他们领去你找到胸针的地方，然后他们要挖开整个墓穴，拿走所有宝藏。
说到底，你为什么要做这种傻事？你明明知道关于离开坟场的规矩，你根本是自找麻烦。
我想给你弄个墓碑，我猜肯定会需要不少钱。
所以我想把胸针卖给他，给你买个墓碑。
你生气了吗？
这是五百年来第一次有人为我做好事。我为什么要生气？
你在想要消隐时一般怎么做？
就照佩尼沃斯先生说的那样。
“我是一条空荡荡的小巷，我是一条无人经过的走廊。我是虚无。眼睛看不见我，目光从我身上滑过。”
但这根本不管用。
这是因为你是活人。有些东西只对我们死人管用，毕竟我们大部分时候都不得不很努力地博得存在感，但它对你这样的活人却毫无作用。
来这边，诺伯蒂·欧文斯。

是因为我，你才落到这个境地。现在，也许我能帮你。
她冰冷的手如同湿润的丝绸围巾抚过他的皮肤。
“化作空洞、化作尘土、化作梦境、化作微风，化作深夜、化作黑暗、化作愿望、化作意志，快快溜、快快滑、快快变得无影无踪，上天、入地、居于天地之中。”
某种巨大的力量触碰了他，从头到脚洗刷了他，他战栗着。他的头发根根倒竖，浑身都起了鸡皮疙瘩。
有什么东西改变了。
只是帮了你一把。即使我死了，我也是个死女巫，记得吗？
你做了什么？
我们不会忘记自己的身份。
但是——
嘘。他们回来了。
来吧，朋友。
我相信我们肯定会成为好朋友的。

喂，阿巴那泽？
你不是说他
在这里吗？
没错。
躲也没用，我能看到
你在哪儿。赶紧出来吧。
你再不出来会后悔的。
嘿
嘿
嘿
什么声音？
我什么
都没听到。
啪
滋
滋
滋
滋
滋
该死的
保险丝。
真是
太浪费
时间了。

咔哒
他跑了。这里没有任何地方可以藏身。
杀手杰克不喜欢这样。
谁会跟他讲?
快来，汤姆·哈斯汀。胸针哪里去了?
嗯? 什么? 这儿，我一直小心地保管在我的口袋里。
保管? 在你的口袋里? 我看你是打算把我的胸针据为己有吧。
你的胸针? 你是说我们的胸针吧。
我们的，哈? 我可不记得我遇到那个男孩的时候你也在这里。
你是说那个你根本没替杀手杰克看住的男孩? 你能想象如果他发现你把男孩放跑了会做出什么事吗?
说不定他并不是同一个男孩。这世界上男孩可多了去了。
你想来一杯上好的苏格兰威士忌吗? 我里屋有威士忌。你在这里等一会儿。
别担心杀手杰克了，我敢肯定那不是同一个男孩。

如果你还在这里，
你可别想着逃跑。
我已经叫警察
来抓你了，
我已经这么做了。
Choco Bites
我的胸针，
只属于我。
我就来，
汤姆。

咔哒
来吧，把你杯子给我，汤姆。非常美味的苏格兰威士忌，喝了它身体棒！
快。
咕噜
是便宜货。你不喝吗？
我刚喝了黑刺李琴酒，它现在还在我胃里翻腾着呢，我得歇会儿。
喂——汤姆！你对我的胸针做了什么？
现在又变成你的胸针了？
哇哦
你做了什么……你在酒里放了东西，你个浑蛋！
我放了又怎么样？从你脸上我都能读出你在盘算什么，汤姆·哈斯汀。
小偷！
小偷？

接着传来了很长时间的吵架声，好几声巨大的咚咚声，好像是沉重的家具被推倒在地的声音……
……然后一片死寂。
快，趁现在。赶紧逃出去。
但是门锁住了。你有什么办法吗？
我？我可没有什么魔法能把你从锁住的房间里变出去，男孩。
这里。让我看看外面的状况。
钥匙锁孔被门另一边的钥匙堵住了。

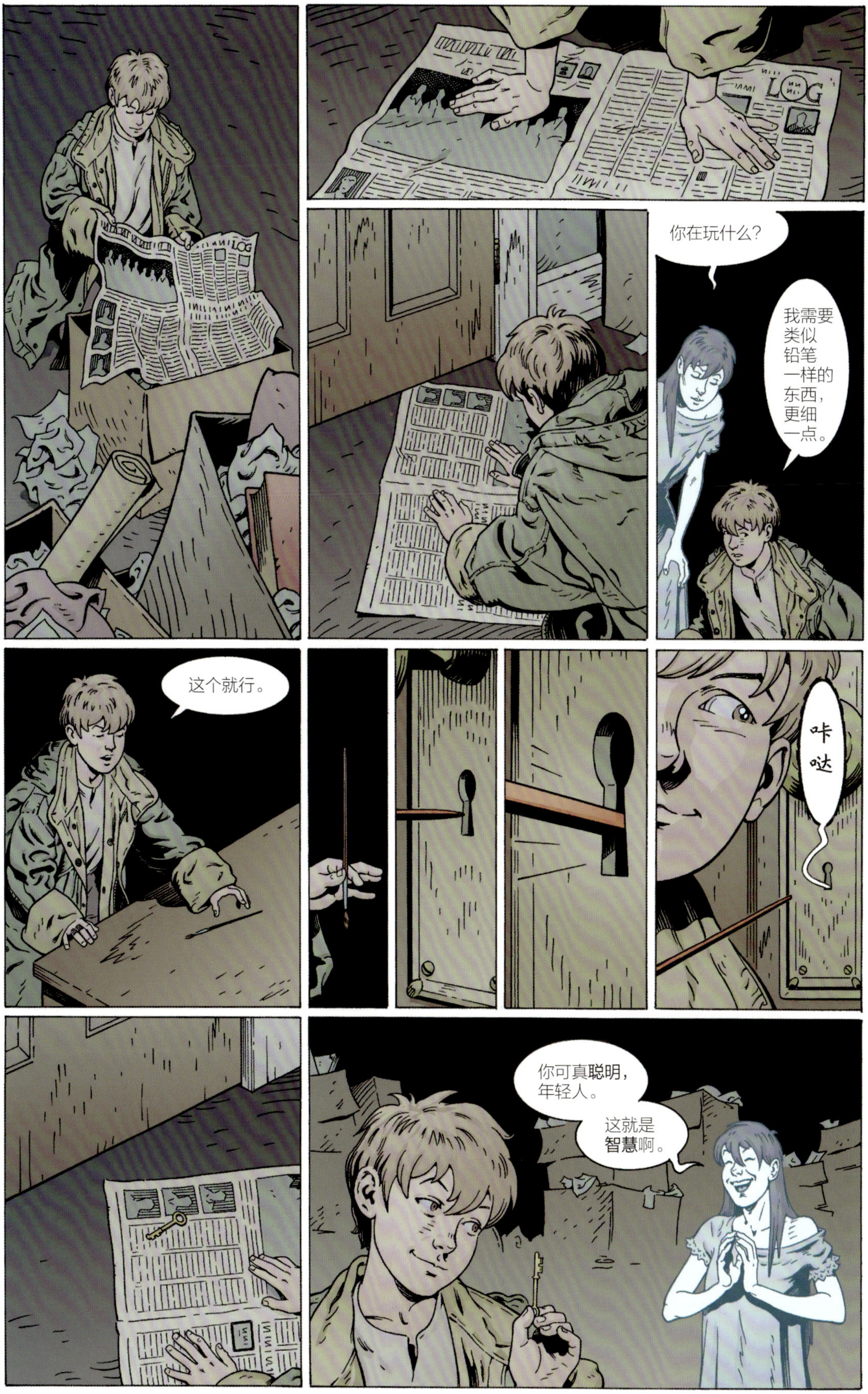
你在玩什么？
我需要类似铅笔一样的东西，更细一点。
这个就行。
咔哒
你可真聪明，年轻人。
这就是智慧啊。

咔哒
屋子里充满了破损的钟表和椅子的残骸。在一片狼藉之中，汤姆·哈斯汀巨大的身躯压在阿巴那泽·博尔格瘦小的身体上。
他们死了吗？
没有这种好运气。

在两个男人身旁的地板上，正是那枚闪着银光的胸针；红色和橙色斑纹的宝石，被蛇爪和蛇头禁锢住。

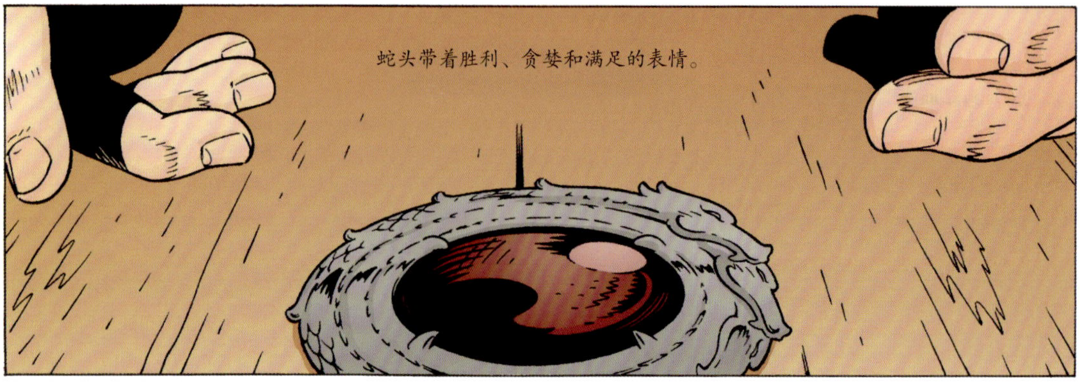
蛇头带着胜利、贪婪和满足的表情。

伯蒂把胸针放进
自己口袋里，
那里面还有沉重的
玻璃镇纸、笔刷，
和一小罐颜料。
把这个也
带上吧。
我不想
要这个。
你不能把它留给他们。
他们打算利用这东西伤害你。
我不想要这个，
这是个坏东西！
烧了
它吧！
不！不要这么做！
你千万不能这么做！
那我把它交给
塞拉斯吧。
于是他把小卡片放进了
信封里，这样他就可以
尽可能不碰到它。
然后他把信封放进了
旧园丁服的口袋里……
……靠近
心脏位置。

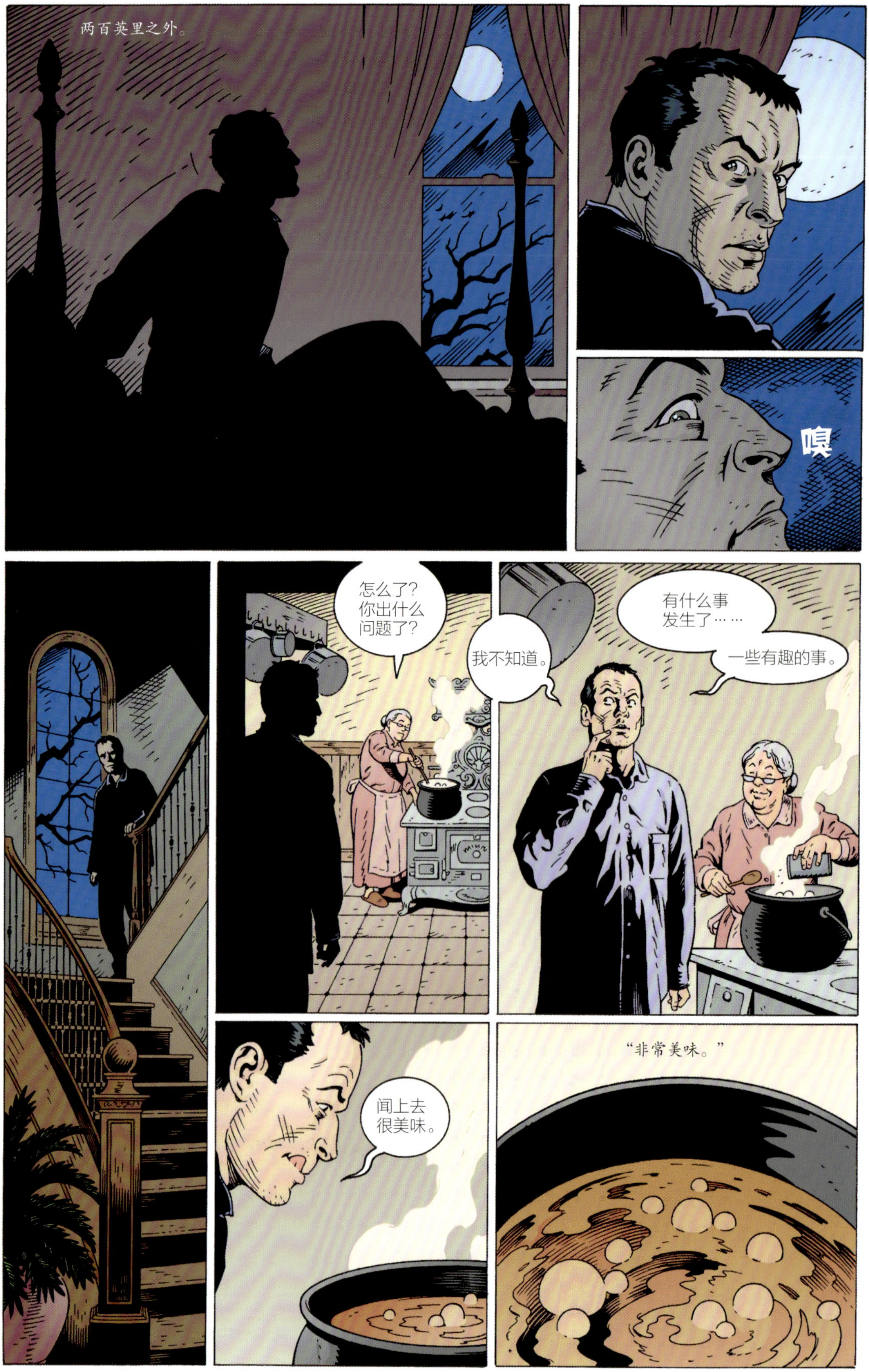
两百英里之外。
嗅
怎么了？你出什么问题了？
我不知道。
有什么事发生了……
一些有趣的事。
闻上去很美味。
“非常美味。”

伯蒂在暴雨中快速穿过老镇子里城，一路向山坡那边坟场的方向走。在他身处储藏间时，灰蒙蒙的天空已经早早地变成了夜晚。

!
怎么
回事?
对不起，
塞拉斯。
我对你很失望，伯蒂。
我一醒过来就开始找你。
你浑身上下都是一股子
麻烦的味道，而且你明知
不可以走进活人的世界。
我知道。
对不起。
首先，我们要把你
带回安全的地方。
伯蒂感到
脚下的大地
弃他而去。

塞拉斯?
我刚才的确有一点害怕，但丽萨也在那里。她帮了我不少忙。
丽萨?
那个女巫。窑户之田的那个。
你说她帮了你?
是的。
她帮我学会了消隐，我感觉现在我可以做到了。
等我们回家之后你可以好好给我讲讲。
伯蒂一路都很安静，他们平稳地落在小礼拜堂门口，然后走了进去。
唔，我觉得这个应该给你。呃，其实是丽萨说的。
杰克

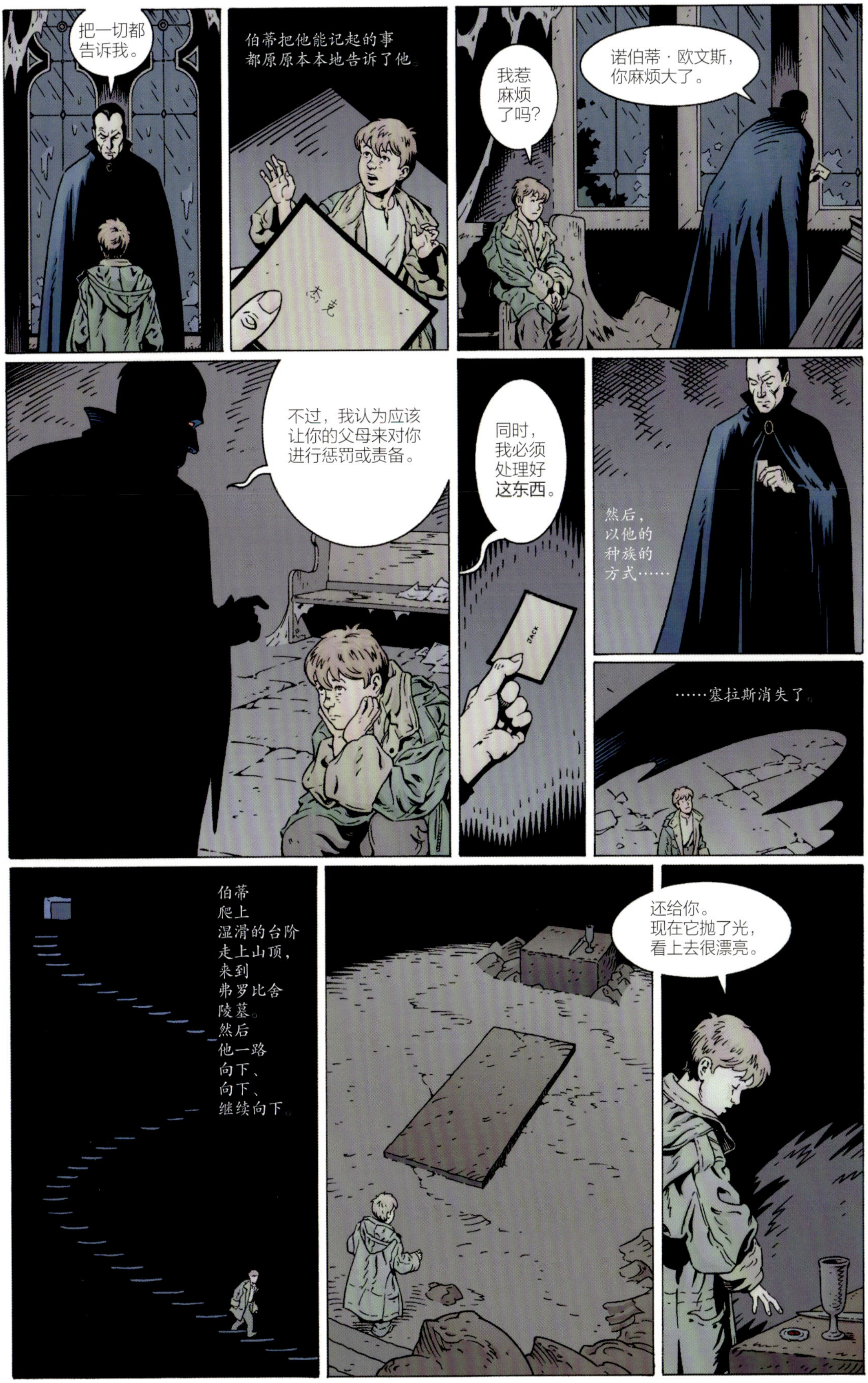
把一切都告诉我。
伯蒂把他能记起的事都原原本本地告诉了他。
我惹麻烦了吗？
诺伯蒂·欧文斯，你麻烦大了。
不过，我认为应该让你的父母来对你进行惩罚或责备。
同时，我必须处理好这东西。
JACK
然后，以他的种族的方式……
……塞拉斯消失了。
伯蒂爬上湿滑的台阶走上山顶，来到弗罗比舍陵墓。然后他一路向下、向下、继续向下。
还给你。现在它抛了光，看上去很漂亮。

IT COMES BACK.
它回来了。
IT ALWAYS COMES BACK.
它总会回来的。
这是漫长的一夜。
伯蒂困顿而又步履蹒跚地
走过了一个小墓碑……
利波堤·
罗奇小姐
她花费出去的
即是遗失掉的，
她给与出去的
总会常在身边。
总要心存善意，
乐善好施。
……进入了窑户之田。
伯蒂步履蹒跚的原因……当普罗大众意识到打孩子是不对的，
欧文斯夫妇已经去世好几百年了。欧文斯先生虽然事后有些
后悔，但还是做了他该做的事。伯蒂的屁股疼得不得了。
欧文斯太太
脸上担忧
的眼神
令伯蒂
更难受了。
伯蒂来到了隔开窑户之田
的围栏附近，穿过了铁栏杆。
喂，
我希望
没给你
惹什么麻烦。
没有任何回应。

他已经换下了他在园丁
小屋里找到的牛仔裤，
但他还穿着那件夹克大衣。
他很喜欢大衣上的口袋。
他从棚屋里拿走了
墙上挂的一把小镰刀。
他用镰刀砍断了
地上的荨麻，
残叶四处纷飞，
他砍着砍着……
……直到地面上
再也看不到那些
扎人的残株。
他从口袋里拿出了
那个很大的玻璃镇纸，
上面满布五颜六色的花纹。
然后
他从
口袋里
拿出了
小颜料罐
和笔刷。
他用笔刷蘸着颜料，
小心翼翼地在镇纸
表面写下了两个字母……
在字母下面，他写道……
WE DON'T FORGET
我们不会忘记

太阳
出来了。
很快就是上床睡觉的时间了。接下来的这段日子里，他最好还是按时上床睡觉去。
他把镇纸放在了曾经是荨麻田的草地上，放在了他目测会是她的头颅所在地的正上方。
E.H.
他回头看了一眼自己的手工作品。
接着他原路返回，跑上山坡，没有来的时候那么步履蹒跚了。他觉得他听到了身后从窑户之田传来的一个活泼的声音……
不错嘛。
很不错。
E.H.
但当他回头看的时候，那里空无一人。

第五话
死亡之舞*
有什么事要发生了，
伯蒂对此非常肯定。
那种感觉弥散在
冬天干燥的空气中，
在星光里，在风中，
在黑暗中，在漫漫长夜
和短暂白日交替的节奏中。
欧文斯太太把他从欧文斯一家
的小墓穴里推了出去。
你自己去外面
玩一会儿吧。
我还有事要做。

* 死亡之舞，是中世纪晚期常见的艺术题材，表现拟人化的死神带领人们走向坟墓，用以强调死亡面前众生平等。

可是外面好冷啊。
当然了，现在是冬天，当然会冷。
现在……鞋子，
这件礼服也需要重缝边。
还有蜘蛛网——我的天啊，这里到处都是蜘蛛网。
你自己玩去。我要干的活儿太多了，我可不想你一直碍手碍脚。
富人，穷人，一起来，一起来跳死亡之舞。
这是什么歌？
坟场里非常寒冷，又冷又黑。当伯蒂看到屠杀之母时，星星已经满布天空了。
你的眼睛比我的好使，年轻人。你能看见盛开的鲜花吗？
盛开的鲜花？在冬天？

*盖伊·福克斯之夜，又名篝火之夜，英国于每年11月5日庆祝的节日，庆祝盖伊·福克斯及其同党策划的炸毁英国议会大楼的阴谋被成功瓦解。

那这个节日叫什么？明天会发生什么？
明天会是最棒的一天。
！
没有。
对不起，我要去工作了。
啦啦啦哦噗！
啦啦啦哦噗！
你不唱那首歌吗？
哪首歌？
那首每个人都在唱的歌。
没时间唱歌啦。明天就快到啦，一切就在明天。
没时间了。忙你自己的事去吧。
一个一个每一个都会听到这首歌
然后留下来一起来跳死亡之舞。
伯蒂来到了摇摇欲坠的小教堂前。

他坐在长椅上等待塞拉斯回来。
他的确感到很冷没错，
但那股寒意对他而言不算什么。
整个坟场都接纳了他，拥抱着他，
而死人并不畏惧寒冷。
他的守护者在凌晨时分回来了。
袋子里是什么？
给你带的衣服，试试吧。
这是为什么准备的？
你是说，除了平时穿之外？唔，你现在多大了？十岁了吧？你总有一天要穿这种衣服的，不如现在就养成习惯吧。同时这也可以作为一种伪装。
什么是伪装？
当一样东西与另一样东西足够相似时，人们看着它就无法分辨自己看到的究竟是什么东西。
哦。
明白了。
大概吧。
呃……

鞋带给伯蒂惹了点小麻烦，塞拉斯只得亲自教他该怎么系鞋带。在伯蒂看来这简直复杂透顶了，他不得不反复系上又解开好几次，直到令塞拉斯满意为止。
也只有在这时，他才敢问出他的问题。
塞拉斯，死亡之舞是什么？
你从哪里听说的？
坟场里的每个人都在谈论它，我想在明天晚上要发生什么事。死亡之舞是什么？
是一种舞蹈。
每个人都必须跳一曲死亡之舞
你跳过吗？那是一种什么样的舞蹈？
我不知道。我知道很多事情，伯蒂，因为我很长一段时间里都在夜里探索这片土地，但我不知道死亡之舞究竟是什么样的舞蹈。
想要跳死亡之舞，你必须是活人，或者你必须是死人。
而我两者皆非。

伯蒂颤栗了一下。
他想要抱一抱他的守护者，
告诉他自己不会背弃他的。
但这个动作太无法想象了。
世界上有两种人，
有一种人你可以拥抱……
……还有
另一种人
是塞拉斯。
站起来。
唔
没问题了。你现在
看上去像是从来
没在坟场生活过一样。
可是你一直都会待在
这里，对吗，塞拉斯？
而且如果
我不想
离开的话，
我就不必
离开这里，
对吗？
万物有时。
那晚上
塞拉斯
没有再说
什么。

伯蒂第二天起得很早。
空气里有一股奇怪的味道。
他跟着那股味道
来到了山上的埃及小道。
香气在那里最浓郁，一时之间，
伯蒂还以为下过雪了，因为
绿色的植被中点缀着点点白色。
他刚低下头
去闻那股香气，
这时……
这简直是
太愚蠢了……
这是个传统。

这里吗？
是的，市长。
呃，好吧。不过
我还是不太懂。
现在我该做什么？
给您剪刀，
市长。
简直蠢透了。
咔嚓
咔嚓
咔嚓
咔嚓
这些
够了吗？
我们必须把
四个篮子都装满，
然后发给镇子
里的每一个人。
这算是哪门子传统？
我问过我之前的镇长大人了，
他说他完全没听说过这件事。
你们有没有
感觉，有人
在看着我们？
什么？
你是说鬼？
我可不信鬼！

不是鬼。
只是感觉
好像有人
在看着我们。
之前的市长大人
不知道这个传统
也不奇怪。
这是八十年来冬日
之花第一次盛开。
老镇子上的每个人
都会得到一朵鲜花，
无论是男人、
女人还是小孩。
怎么
唱来着？
唔
一个留下、
一个离开
所有人都来
跳死亡之舞
什么乱七八糟的。
咔嚓
冬日的黄昏降临得很早，四点之后
就已经暮色沉沉了。伯蒂漫步在
坟场里的小径上，想找人聊聊天，
但周围完全没有人影。

他走到客户之田，
想看看丽萨·汉姆斯托克在不在。
不在。
他走回欧文斯一家的墓穴，
但是里面空无一人。
他开始有一点点心慌了。
这是他十年来，
第一次感觉
自己被遗弃了，
而且是被遗弃
在他自认为
是家的地方。
他跑到山坡下的
旧礼拜堂前，
等待塞拉斯。
塞拉斯
没有来。
他走回山坡上来到山顶，俯视小镇，
看着镇上的街灯，汽车的探照灯，
以及各种移动的东西。
他慢慢走回山脚下，
来到坟场的大门前。
他能听到音乐声。

伯蒂听过很多种音乐。
冰激凌车
甜美的音乐。
工人的收音机
里传出的歌声。
克里提·杰克
用生锈的小提琴
为死者们
演奏出的曲调。
但他从未听过这样的音乐：
一系列低沉而渐强的响声，
像是刚开场的音乐，
像是一段前奏，一段序曲。
他从门缝里溜了出来，
走下山坡，走进小镇里。
我不做私人捐款，
我的办公室会处理的。
这不是
慈善捐款，
这是咱这
地方的传统。
啊！

这是啥？
给你一个，也给小宝贝一个。
但这是干啥用的？
这是老镇子的某种传统。
无论伯蒂走到哪里，他看到的人全都戴着白花。
音乐还在继续：从感官的边缘传来，庄严而奇异。
音乐在空气中……
……在车流中……
……在高跟鞋咔哒咔哒的响声中。
伯蒂观察着匆忙回家的人群，有一种奇怪的感觉。
他们都在踩着音乐的节拍走路。

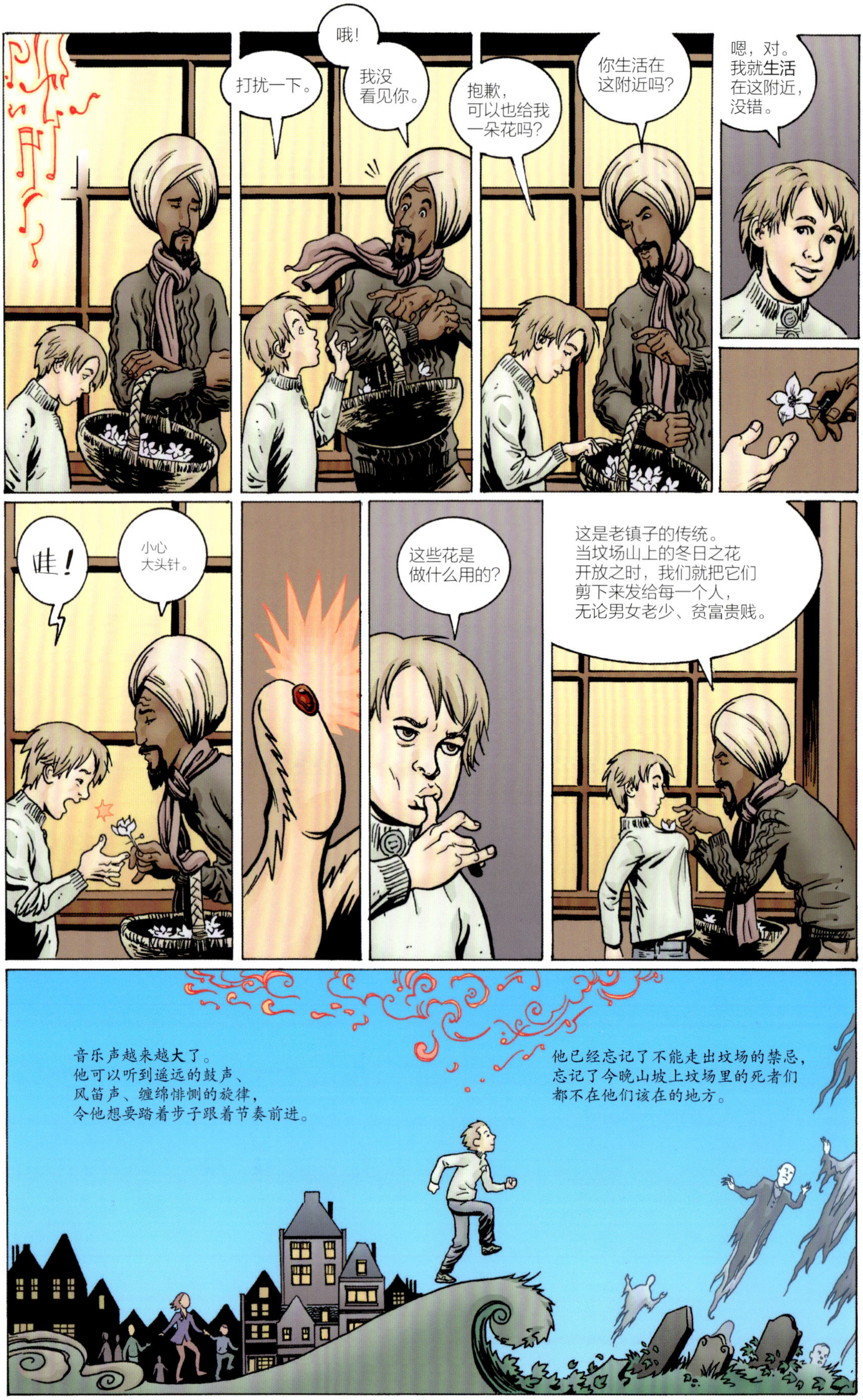

打扰一下。
哦！
我没看见你。
抱歉，可以也给我一朵花吗？
你生活在这附近吗？
嗯，对。我就生活在这附近，没错。
哇！
小心大头针。
这些花是做什么用的？
这是老镇子的传统。当坟场山上的冬日之花开放之时，我们就把它们剪下来发给每一个人，无论男女老少、贫富贵贱。
音乐声越来越大了。他可以听到遥远的鼓声、风笛声、缠绵悱恻的旋律，令他想要踏着步子跟着节奏前进。
他已经忘记了不能走出坟场的禁忌，忘记了今晚山坡上坟场里的死者们都不在他们该在的地方。

他现在一心想着老镇子，
轻快地走向市政厅前的市政花园里。
伯蒂听着音乐，走进了花园里。
他从没有见过这么多活人。这里肯定有几百人，
每个人都和他一样鲜活，每个人都戴着白花。
这就是活人会做的事吗？
但伯蒂知道这不是。
不管什么原因，这肯定很特别。

音乐持续这么久，究竟是为了什么呢？
嗯？
天知道。这就像是圣诞节！
这让我想起了我的姑姑克拉拉。圣诞前夜，她会用老钢琴弹奏一些歌曲，有时候边弹边唱，我们会吃起巧克力和坚果。
我不记得她弹奏的任何一首曲子了。但这种音乐，就像是那些曲子同时弹奏的感觉。
甚至连那个小婴儿都开始随着音乐摇晃起了小手。
接着音乐停止了，广场上一片沉默。
这阵压抑的沉默如同落雪一般安静，
所有的噪声都被夜色和广场上的人群吞没了。
钟声在很近的地方响起。
伴随着午夜的钟声……
11
12
1
……他们来了。

伯蒂认识他们，至少认识他们中的大部分人。他认出屠杀之母、乔思雅·沃兴顿、十字军东征期间受伤回家后去世的老伯爵、崔佛瑟斯医生，每个人都看上去庄重严肃。
我的老天啊，这是对我们的审判，没错就是这样！
大部分人只是盯着看，就好像这一切是在梦中一般麻木而茫然。
死者们继续前行，一排接着一排，直到抵达广场。
乔思雅·沃兴顿走上了台阶，来到了市长卡拉威女士面前。
尊敬的女士，我来祈祷：加入我吧，加入死亡之舞。
好。

当她的手指触碰到乔思雅·沃兴顿的手指时，音乐再一次响起。如果说之前伯蒂听到的音乐只是前奏的话，现在就不再是了。
他们来这里就是为了听这音乐，悠扬的旋律拨动了他们的手脚。
活人和死人！
他们手拉手
一起开始跳舞……
伯蒂看到屠杀之母和一个戴着包头巾的男人跳舞，一位商务人士正在和露易莎·巴特比跳舞。
欧文斯太太握着卖报纸的老爷爷的手，欧文斯先生则非常绅士地牵着一个小女孩的手，而小女孩牵着他的手的样子就好像这一生都在等着和他跳舞一样。
然后……
丽萨！
踏两步，转个圈，走一走，停一停，现在我们一起来跳死亡之舞。

音乐回荡在伯蒂的脑海中和胸腔中，他快乐极了。他的脚步移动得就好像他已经知道该怎么动似的。
他和丽萨·汉姆斯托克一起跳舞，当一段音乐结束后，福丁布拉·巴特比又拉住了他的手。
一对一的舞蹈变成了一长串的人整齐地踏着步子，边走边踢，跳着一千年前就有的古老舞步。
啦啦啦哦噗！
啦啦啦哦噗！
啦啦啦哦噗！
这音乐是从哪里传来的？
不知道。
是谁组织的？
没人组织，它总是会发生。活人也许不会记得，但我们总会记得的……
快看！

一匹白马哒哒哒地从街道里向他们走来，
那匹马和伯蒂想象中的完全不一样。它非常
高大，光秃的马背上坐着一位女士，穿着
灰色的长袍，闪闪发光得像是晨露中的蛛网。
灰马上的女士从马背上滑下，
行了个屈膝礼。其他人纷纷
屈膝或是鞠躬以回礼。
现在……
现在灰马上的女士带领
我们一起跳死亡之舞。
旋转的舞步把丽萨从伯蒂身边换走了。
他们踩着鼓点踏步、跺脚、旋转、踢腿。
舞蹈速度加快，舞者们也跟着一起加速跳着——死亡之舞，
由活人和死人一起跳的舞，与死神一起跳的舞。
伯蒂开心地笑着，每个人都开心地笑着。

每个人！
每个人
都在跳舞！
他刚说出这句话，
就意识到他说错了。
？
塞拉斯！
有人
叫了
一句……
最后
一支舞！
音乐变得悠扬而舒缓，
曲中能感受到庄严、缓慢与终结。

每位舞者都找到了舞伴，
一个活人和一个死人，一对一。
你好，伯蒂。
你好。我不知道你叫什么。
名字并不重要。
我喜欢你的马。它好大！我从不知道马可以长这么大。
它很温柔，宽大的后背可以载起最强大的人；也很强壮，可以驮起你们中最瘦弱的人。
我可以骑在它身上吗？
会有那一天的。总有一天。每个人都有那一天。
你能保证吗？
我保证。
说完这句话，舞蹈结束了。

这时，也仅仅在这时，伯蒂感到非常疲倦，就好像他跳舞跳了好几个小时一样。
十二声钟声。我们跳了十二个小时，还是二十四个小时……
“……还是根本就没有跳？”
他环顾四周。死人都不见了，灰马上的女士也是。只有活人还在这里。他们僵硬地离开广场，就好像从沉睡中醒过来的人一样。镇中心的广场上满是被扔掉的小白花。
看上去就好像有过一场婚礼一样。

伯蒂第二天
下午才醒过来，
他感觉自己
好像知道了
一个大秘密，
他迫不及待地
想要找人聊聊。
昨晚上真
是太棒了。
哦。
是吗？
我们一起跳舞。
我们所有人，
在老镇子中心。
哦，真的吗？跳舞，啊？
你明知道你不能去镇上的。
伯蒂在暮色之中溜出了墓穴。
乔思雅·
沃兴顿。
你和那个市长
跳舞了。你和她
一起跳舞了。
你跳了！
活人和死人不能交流，男孩。即使我们
真的和活人一起跳了死亡之舞，
我们肯定也不能和活人提起这件事。
但是我
是你们
中的
一员。
现在还不是，男孩，
只要你还活着，就不是。
我懂了……
大概懂了。

他跑下山坡，像个十岁孩子那样急急忙忙地跑着。他很怕他跑到旧礼拜堂时塞拉斯已经离开了。
晚上好，伯蒂。
你昨晚在那里。别骗我，我知道你在那里。
是的。
我和她跳舞了，骑着白马的女士。
真的吗？
你看到了！你看见我们了！活人和死人！我们一起跳舞。为什么没人聊起这件事呢？
因为世界上有谜。因为有些事是被禁止提起的。因为有些事人们不会记得。
我从没跳过。
但你现在就在谈死亡之舞。
但是你看到过。
我和那位女士跳舞了，塞拉斯！
他的守护者看上去非常伤心，伯蒂感到很害怕，好像不小心吵醒了沉睡豹子的小孩一样。
对话到此为止。

伯蒂可能正说着什么——有一百件事他想说——这时候有什么东西吸引了他的注意力：一种沙沙的声音，如羽毛般轻软而温柔，冰冷的触感拂过他的脸颊。
所有关于舞蹈的想法都消失了，害怕的感觉变成了欣喜和敬畏的心情。
他满心欢喜，没空儿再想别的了。
看啊，塞拉斯，下雪了！真的是雪！

幕间

华盛顿屋
私人聚会
如果你这晚上去看了华盛顿屋里的人，你肯定搞不明白他们是在干什么，不过匆匆一瞥就能发现屋子里没有一位女士。在座的全是男士，这一点很明显，他们都说英语，但他们的口音和这些绅士一样五花八门。
这么多好东西。为了孩子们，为了那些急需这些东西的人……
说得对。
没错。
没错。
没错没错。
对。
很精彩。

时间飞逝，
我们所有人
都不再年轻了。
我也在思考。
四年前在旧金山
的那桩生意——
非常遗憾，就像是春天
开的花一样，真美啊，
但和这件正事完全无关。
你失败了，
杰克。
你应该处理掉
他们所有人的。
包括那个婴儿。
特别是
那个婴儿。
差之毫厘，
失之千里。

十年了!
TINK
时间不等人啊。
那个婴儿很快
就会长大的。
之后会怎样?
我还有
时间,
丹迪先生。
你曾经有时间,现在你只有最后
期限。我们再也不能忍受你
懒散的态度了。我们已经厌倦了
等待,我们每一个杰克都是。
我有一些线索。
真的吗?

你和秘书
谈过了吗?
不是
一个。
不是
两个。
而是三个肾脏机器。
我提过了。
然后呢?
他不感兴趣。他只关心结果。
他想让我把事情了结。
我们都是这么
想的，孩子。
那个男孩还活着。时间
已经不是我们的朋友了。
没错。
嗯嗯。
说得真对。
正如同我刚说过的
一样，时不我待啊。

坟场之书

第二卷

坟场之书

第二卷

［英］尼尔·盖曼 著

［美］P. 克里格·罗赛尔 绘

陆絮 译

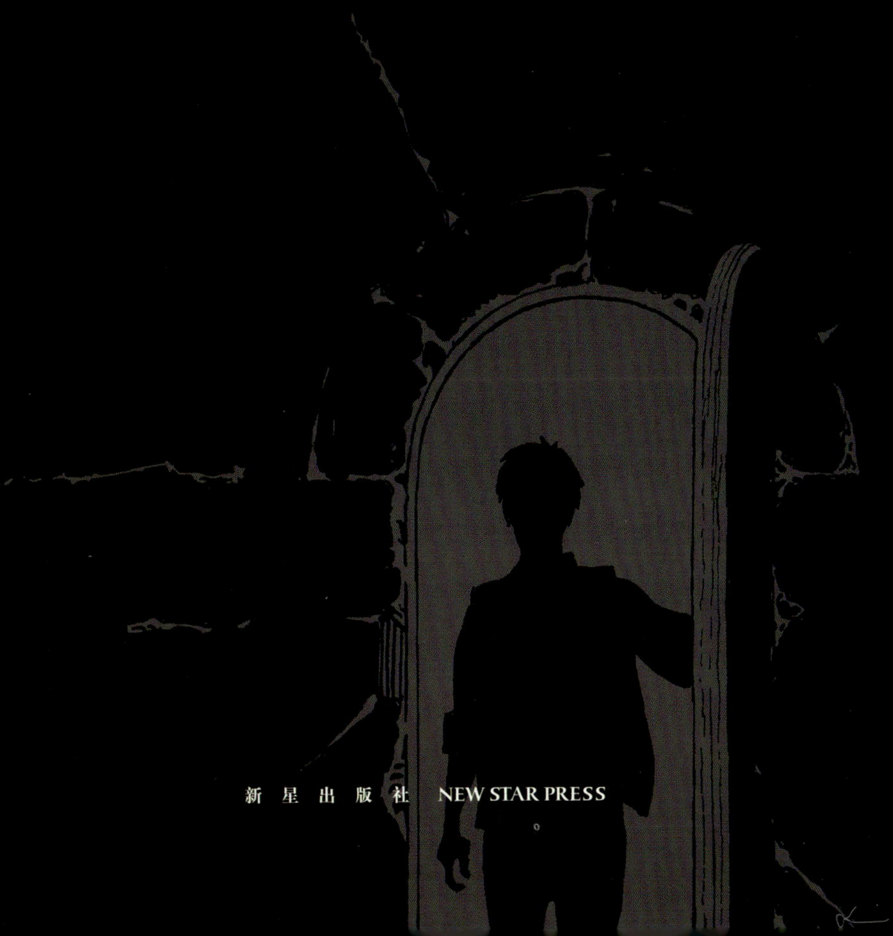

新 星 出 版 社 NEW STAR PRESS

THE GRAVEYARD BOOK GRAPHIC NOVEL: Volume 2 by Neil Gaiman
and Illustrated by P. Craig Russell
Text copyright ©2008 by Neil Gaiman
Illustrations copyright © 2014 by P. Craig Russell
Simplified Chinese translation copyright © (2019) by Beijing Hongyue Scientific and Technical, Co., Ltd.
Published by arrangement with HarperCollins Children's Books through Bardon-Chinese Media Agency
ALL RIGHTS RESERVED

图书在版编目（CIP）数据

坟场之书 ：全 2 册 /（英）尼尔 · 盖曼著 ；（美）P. 克里格 · 罗赛尔绘 ；陆絮译 . —— 北京 ：新星出版社，2019.6

ISBN 978-7-5133-3545-4

Ⅰ. ①坟… Ⅱ. ①尼… ② P… ③陆… Ⅲ. ①长篇小说 – 英国 – 现代

Ⅳ. ① I561.45

中国版本图书馆 CIP 数据核字 (2019) 第 054948 号

坟场之书：全 2 册

[英] 尼尔 · 盖曼　著　[美] P. 克里格 · 罗赛尔　绘
陆絮　译

出版统筹：贾　骥　宋　凯
出版监制：张泰亚
特约编辑：邓英洁
美术编辑：宋　慧

次元书馆

责任编辑：汪　欣
责任印制：李珊珊

绘制：[美] 大卫 · 拉弗恩特
[美] 斯考特 · 汉普顿
[美] P. 克里格 · 罗赛尔
[美] 凯文 · 诺兰
[美] 盖伦 · 舒曼
色彩：[加] 拉文 · 坎泽斯基
嵌字：[美] 里斯 · 派克

出版发行：新星出版社
出 版 人：马汝军
社　　址：北京市西城区车公庄大街丙3号楼　　100044
网　　址：www.newstarpress.com
电　　话：010-88310888
传　　真：010-65270449
法律顾问：北京市岳成律师事务所

读者服务：010-88310811　　service@newstarpress.com
邮购地址：北京市西城区车公庄大街丙3号楼　　100044

印　　刷：北京美图印务有限公司
开　　本：787mm × 1092mm　　1/16
印　　张：23.5
字　　数：160千
版　　次：2019年6月第一版　2019年6月第一次印刷
书　　号：ISBN 978-7-5133-3545-4
定　　价：178.00元（全2册）

版权专有，侵权必究；如有质量问题，请与印刷厂联系调换。

献给布鲁克和安德鲁，乔丹和约书亚，娜奥米和艾米莲
（特别感谢盖伦·舒曼和史蒂芬·斯考特的额外付出）
——P.C.R

第六话
诺伯蒂·欧文斯在学校的日子
坟场里阴雨绵绵，
整个世界都湿乎乎的，
到处都是模模糊糊的倒影。
伯蒂坐在隔开埃及小道
和坟场外西北方荒原的拱桥下，
避开可能会来找他的活人和死人，
安静地读着他的书。
可恶！
见鬼啊先生，
祝你眼睛瞎掉！

萨克雷·波灵格（1720年–1734年，萨克雷·波灵格一世的儿子）大步流星地走过湿滑的小路。他是个大男孩——他去世的时候才十四岁，当时他刚开始作为漆匠师傅学徒的生涯。
等我抓住你——我肯定会——我会让你后悔出生在这世上！
唉
师傅给了他八个铜币，让他去买半加仑红白混合条纹的颜料，用来粉刷理发师的招牌旋转柱，买不到就别回来。
萨克雷在泥泞不堪的一月清晨，花了五个小时，跑遍小镇的每一家店，无论哪家店都遭到了嘲笑和拒绝。
当他意识到自己被耍了，怒火攻心，突发中风，一周之内就去世了。
他在满腔怒火中辞世，他怒视着其他的学徒，甚至波及了漆匠师傅荷洛宾先生本人。
我真是搞不懂这一切。在我做学徒那会儿，我的遭遇比这糟糕多了。
就这样萨克雷·波灵格下葬了，陪葬品是他唯一的所有物，一本《鲁宾逊漂流记》。
ROBINSON CRUSOE

死亡并没有改变萨克雷·波灵格的坏脾气。
我知道你就在这附近！快点出来接受你的惩罚，你，你这个小偷！
我不是小偷，萨克雷。我只是借来看看，我保证看完之后会还给你的。
我告诉过你不借！
但是这里的书实在是太少了。而且我正看到精彩的地方。他发现了一个脚印，却不是他自己的脚印。这意味着还有别人在岛上！
这是我的书。还给我！
给。
我可以读给你听。我能做到这个。
去你个大头鬼！
嗷！
嗷！
#！

*英法百年战争，指英国与法国于1337年至1453年期间进行的长达116年的战争，最终法国获胜。

看上去你把
裤子弄破了。
我刚刚
在跑步。
呃，我和萨克雷·波灵格
打了一架，因为我想读
《鲁滨逊漂流记》……
那本书写的是一个男人坐着一艘船
——船是一种漂在海里的东西，
海就是一大摊水，像个巨大的水塘
——然后船在一个岛附近失事了，
岛就是在海里的地方，
你可以站在上面，然后——
已经十一年了，伯蒂。
你已经和我们在一起
生活十一年了。
没错，
你说得对。
我想是时候跟你
讲讲你的来历了。
伯蒂深深地吸了一口气，
他的心脏咚咚地撞击着
胸口。
一片沉默。只能听见滴滴答答的雨水声和水流从排水管排出的哗啦啦
的声音。沉默不断地蔓延着，直到伯蒂觉得应该开口打破它。
不必非得
现在说的。
如果你不想说
可以不说。
你知道你是与众不同的。
你是活人。我们把你收留在这里
——确切地说，是**他们**把你
收留在这里——而我同意
做你的守护者。
你曾经有过父母，以及一个
姐姐。他们被杀了。我相信
你也是凶手的目标之一，而你
能幸存下来很大程度上是依靠
运气以及欧文斯夫妇的帮助。
还有
你的
帮助。

那个杀了你家人的凶手仍然逍遥法外，在外面四处寻找你……
仍然试图杀了你。
所以呢？不就是死亡而已。我是说，反正我所有的朋友都是死人。
是的，他们是死人。他们在很大程度上，与世无关了。
但你不是。你还活着，伯蒂。
这意味着你拥有无限的可能性。你可以做任何事、造任何物、拥有任何梦想。如果你去改变世界，世界会因你而改变。
无限可能。
一旦你死了，一切可能就没有了。
你做了你能做的，梦了你的梦想，留下过你的名字。
你也许会被埋在这里，也许还能在这里行走。
但那些可能性都结束了。
我就是我，不是任何人。正如你所说，我并非活人。但如果我消逝了，我就再也不存在了。
那你呢？你并非活人。但你可以到处走动，还可以做很多事。
我们这类人，要么存在，要么不存在。
如果你懂我的意思。
不太懂。

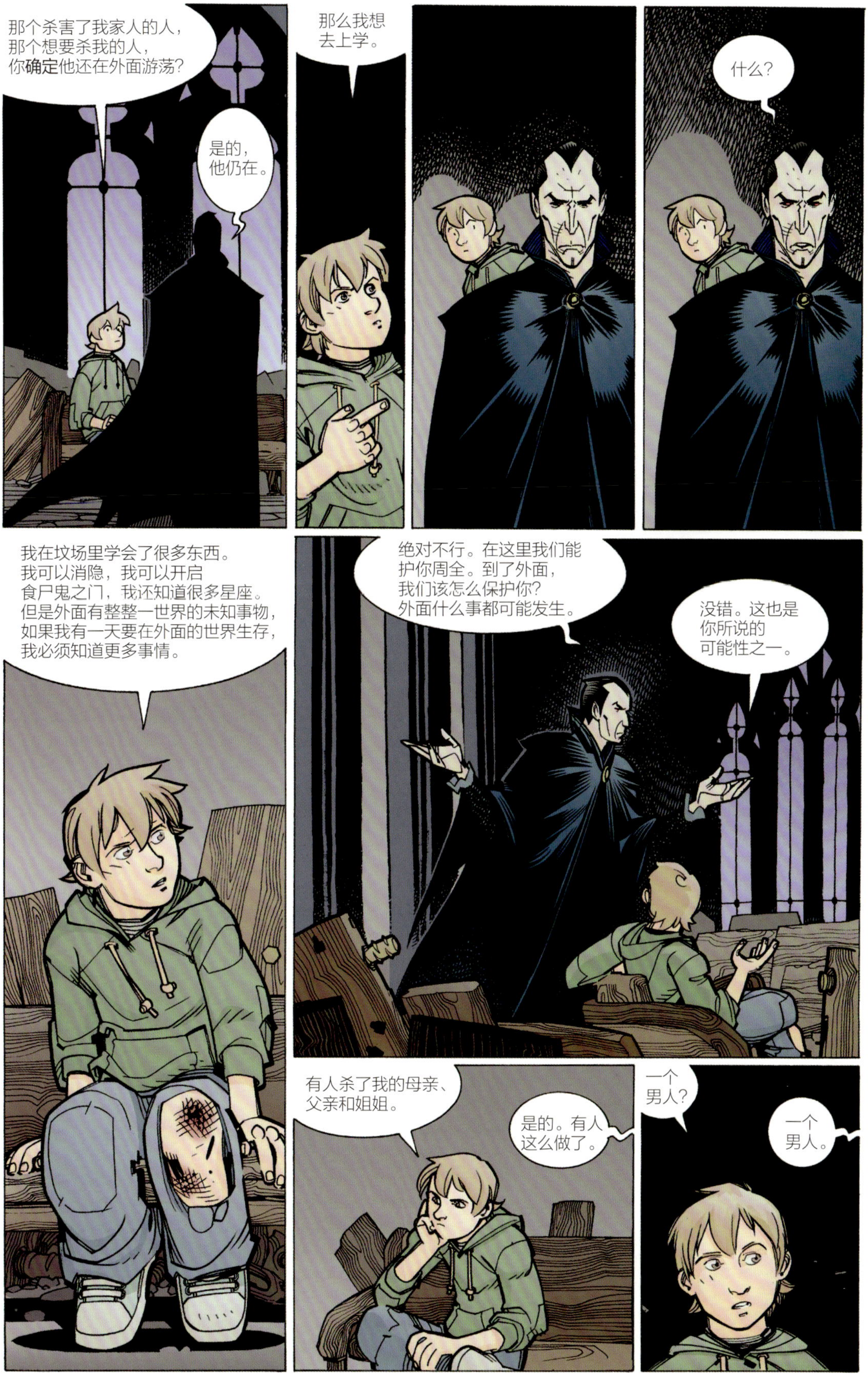
那个杀害了我家人的人，
那个想要杀我的人，
你确定他还在外面游荡？
是的，他仍在。
那么我想去上学。
什么？
我在坟场里学会了很多东西。我可以消隐，我可以开启食尸鬼之门，我还知道很多星座。但是外面有整整一世界的未知事物，如果我有一天要在外面的世界生存，我必须知道更多事情。
绝对不行。在这里我们能护你周全。到了外面，我们该怎么保护你？外面什么事都可能发生。
没错。这也是你所说的可能性之一。
有人杀了我的母亲、父亲和姐姐。
是的。有人这么做了。
一个男人？
一个男人。

这意味着你问错问题了。
什么意思？
如果我想去外面的世界，该问的问题不是“谁能保护我不受他的伤害”。
不是吗？
不是。应该问“谁能保护他不受我的伤害”。
雨停了，昏沉的天色变成了黄昏的暮色。
我们得给你找所学校。

没人注意到这个男孩，至少一开始没人注意到。甚至都没人注意到，他们从未注意到男孩这个事实。
他在教室里坐在中间的位置。除非他被直接点名，否则他几乎不回答问题，即使是被点名，他的回答也尽量简短无趣，听后即忘。
他在别人的脑海和记忆中消隐了。
教师职员室
你觉得他的家里信教么？
谁家？
八年级二班的欧文斯。
那个高个子脸上有雀斑的男孩？
不对，中等个子。
他怎么了？
他的作业都是手写的。很漂亮的手写字。以前是叫作铜版体。
这和他信教有什么关系？
他说他们没有电脑。
他也不用电话。
所以？
我看不出来这样就意味着他信教。

他是个聪明的孩子。只不过有些平常的事，他一点也不知道。而且在历史课上他总会说一些编造的、历史书上没有记载过的小事。
都是什么样的小事呢？
科比先生批改完了伯蒂的论文。手头没什么要干的活儿了，他觉得整件事都不重要了。
就是些小事。
然后他转眼就忘了。
就像他忘了把伯蒂的名字录入到名册里，就像伯蒂的名字并没有出现在学校的数据库里。
学生
学校
搜索
没有匹配
这孩子是个模范学生，就是容易被人忽视，也的确被人忽视着。他的大部分课余时间都泡在学校的图书馆里。图书馆是个大房间，里面有古旧的扶手椅和很多很多的书。他如饥似渴地读着故事，像其他孩子吃东西一样狼吞虎咽。
甚至其他孩子也都记不住他。当他坐在他们面前的时候，他们能记得他。但当这个欧文斯家的孩子走出他们的视线时，他也就不在他们的脑海里了。
他的存在就像幽灵一样。
当他在那里的时候，当然情况就不一样。

尼克·法瑟因十二岁了，
但他可以装成十六岁。
他是个效率很高的扒手，
偶尔也会当个不在乎别人看法的恶霸，
只要那些比他矮小的孩子都听他的话就行。
他有个朋友，她的名字叫玛琳·奎灵。
叫我小莫。
尼克喜欢在商店里偷东西，但是要小莫告诉他该偷什么。
尼克喜欢伤害、威胁别人，
但是要小莫告诉他该去威胁谁。
他们俩，就像她说的那样，是……
完美组合。
他们坐在图书馆的角落里，
在分他们收上来的七年级学生的零花钱。
辛格家的孩子还没交出来呢。你得去找他。
嗯，他必须交出来。
他偷什么了？一张CD？
对。
你就指出他哪里做得不对就行了。
简单。
我们真是完美组合。
就像是蝙蝠侠和罗宾。
更像是杰基尔博士和海德先生*。
有个毫不起眼的人
刚刚一直坐在窗边的
位子上读书，
现在他站起身来，
走了出去。

*杰基尔博士和海德先生出自罗伯特·路易斯·史蒂文森的名作《化身博士》，故事里杰基尔博士在喝了自制的药剂后分裂出了邪恶的人格海德先生。

这是尼克和小莫在等的东西吗？
你和他们是一伙的吗？尼克和小莫？
不。我觉得他俩挺恶心的。
其实，我是来给你点建议的。
嗯？
别给他们钱。
说得容易。
因为他们没敲诈我？
他们打你、威胁你，要你给他们偷CD。然后他们要挟你必须把零花钱交给他们，否则就去告发你。他们做了什么，把你偷东西的过程录像了吗？
是。

你要说不。不要照他们说的做。
他们会杀了我的。
他们说……
你告诉他们，比起被人强迫去偷CD的孩子，警察肯定会对威胁更小的孩子去给他们偷东西、强迫他们交出零花钱的俩孩子更感兴趣。
你告诉他们，如果他们再敢碰你，你就会打电话报警。你就说你已经把事情经过都写下来了，如果你发生任何事，你的朋友们会把写好的东西发给校方和警察。
可我不敢。
那你在校期间就只能一直把零用钱交给他们，一直担惊受怕。
于是保罗·西恩告诉尼克·法瑟因，他再也不会把零用钱给他了。
……然后他就走开了。
第二天，又有五个十一岁的学生跟他说，他们想要回他们的钱，——所有的钱，——否则他们就要报警。
尼克·法瑟因非常不开心

是他。他开的头。他们根本不会想到这些。我们应该给他一个教训。然后剩下的那些人都会乖乖听话了。
谁？
那个总是在图书馆读书的孩子。鲍勃·欧文斯。就是那家伙。
是哪个？
我会指给你看的。
伯蒂习惯于被无视，习惯于深藏在阴影里。当你不会成为别人关注的焦点时，一旦有人一直看着你、注视着你的一举一动，你非常容易注意得到。
他们跟随着他走出学校，走上小路……
……走过街角的报刊亭，穿过铁道桥。
他不慌不忙，确保那两个人依然跟着他。
他走进小路尽头的小坟场，等着他们。

你就是鲍勃·欧文斯。
哼，你可惹上大麻烦了。
我叫伯蒂。
不是
鲍勃。
你们俩就是
杰基尔和海德。
就是你。是你
找了那群
七年级的孩子。
我们来给你上一课。
我很喜欢上课。如果你们
上课也认真听讲的话，
就不会去威胁比你们小的
孩子，要他们的零花钱了。
你死定了，
欧文斯。
我才没死，
事实上，死
的是他们。
谁？
这地方埋着
的人。看，
我把你们领到
这里，给你们
一个机会。
才不是
你把我们
领到这里的。
你们已经
在这里了。
是我想把你们带到这里的。
我走到这里，而你们跟着我。
这不是一
回事儿么。
你有朋友
在这里？
恐怕你根本没搞明白重点，你们
两个应该收手了。不要再不顾
别人的感情我行我素了。
真是够了……
……
揍他。

我给你们
一个机会。
#@!
他跑哪里去了？
他刚刚就在这里！
明明就在这里。
尼克想象力有限。
也许他跑了。
他没跑，
他只是突然
消失了。
小莫想象了一下，
不禁汗毛倒竖。
我觉得非常
非常不对劲。
我们必须赶紧
逃出这里。
恐惧是会传染的，
你可以被感染上。
小莫很害怕，于是
尼克也感到害怕了。
他们一路跑回尼克的家……
……他们跑进屋里，
把所有的灯都打开了……
……小莫给她的妈妈
打电话，哭着要她妈妈
开车来接她回家，
因为她不敢走回家。

真棒，亲爱的。消隐很成功，恐吓也很棒。
谢谢你。我还没试过吓唬活人呢，我的意思是，我知道怎么做，不过，不过……
你做得很好。我是安姆贝拉·泊松。
活着的男孩？山坡那边的大坟场里的那个？真的是你？
伯蒂。诺伯蒂·欧文斯。
呃……
波图那？
鲁迪？
快来看看谁来了！
这是欧文斯少爷，他来这边吓唬了几个活该被吓的孩子。
真是一场好戏。坏蛋们就该得到教训，对吧？
他们是恶霸，逼着其他孩子把零花钱交给他们。他们总做这种事。
吓唬人是个好开端。如果吓唬人不管用，你打算怎么办？
我从没认真想过——
我认为梦影步是最好用的补救措施。你会梦影步，对吧？
我不知道。
佩尼沃斯先生给我展示过怎么做，但我从没有真正试过——我是说，有些事我只知道理论……

梦影步是很好，但我能建议用显灵吗？这是那种人唯一能理解的语言。
哦！
显灵？波图那，我亲爱的，我可不觉得——
你不这么想，幸运的是，我们中有人这么想。
我必须回家了。他们会担心我的。
当然了。
很高兴遇到你。
祝你有个愉快的夜晚，年轻人。
抱歉可以问你一下吗，你的守护者还好吗？
塞拉斯？嗯，他很好。
帮我们向他问好。
恐怕像我们这么一个小教堂后面的坟场，不会遇见真正的荣誉护卫成员。
但无论如何，知道他们一直在那里我们都很安心。
伯蒂完全没听懂他在说什么，但他记下来了。
我会跟他说的。
晚安。

和活人一起上学并不耽误伯蒂继续向死者学习。
最近佩尼沃斯先生没什么可抱怨的，伯蒂勤学好问。
这晚上伯蒂问了关于闹鬼的事，越问越具体，
这激怒了佩尼沃斯先生，因为他本人从未闹过鬼。
究竟要怎么样才能让人毛骨悚然呢？
我觉得我已经知道如何营造恐惧感了……
但我如何进一步营造恐怖气氛呢？
呃……
唉，你……
哦，嗯哼！
佩尼沃斯先生尽力解释，直到凌晨四点他们才下课。
第二天伯蒂在学校很疲惫。他竭尽全力集中精神听课，这时传来一阵敲门声。
全班同学和科比先生都一起看向门口，想看是谁在敲门。

我才不怕你。
小莫·奎灵在走廊里遇到了伯蒂。
你真是个怪人。你没有朋友。
我不是来交朋友的。我是来学习的。
你知道这有多奇怪吗？没人来学校是为了学习的。我是说，你来学校是因为你不得不来。
我不怕你。无论你昨天耍了什么花招，我都没有被吓到。
好吧。
伯蒂不知道自己是不是做错什么而引祸上身了。他变得太受关注了，不再被人无视。塞拉斯警告过他要低调，嘱咐过他要以半消隐状态去上学，但一切都变了。

我简直无法相信你居然能这么……这么笨。我跟你说过要你保持低调透明，结果你现在反倒成了学校的话题人物？
呃，你想要我怎么做？
不能成为焦点。今非昔比，如今他们能追踪到你，伯蒂。
我该怎么做？
别回去。去学校这件事只是一个试验。我们就坦白承认这个试验失败了吧。
这可不只是关乎学习，这和其他的事也有关。你知道在一个满是喘气的活人屋里待着有多舒服吗？
我可从没觉得这有什么舒服的。
总之，
你明天不要去学校了。
我才不会逃走呢。我不会从小莫和尼克面前逃走，我不会从学校逃走。我要先从这里逃走。
你必须照我说的做，男孩。
否则呢？
你要怎么把我留在这里？
杀了我？

他转身大踏步走开了，
沿着小路走回大门口，
走出了坟场。
塞拉斯用阴影包裹住自己，目送男孩在视野里消失，
并没有跟上他。
尼克·法瑟因在床上沉睡着，
梦着阳光下的碧蓝大海上的海盗，
这时，一切都不对劲了。

他上一个瞬间还在自己的海盗船上当船长——那可是个开心的好地方，有一群听话的11岁的船员，而船上的女孩们都比尼克大了一两岁。
下一个瞬间……
接着，梦中转换了场景，他突然站在一艘新船的黑甲板上。
你不怕我。
你觉得自己是海盗吗，尼克？
你是那个孩子。
鲍勃·欧文斯。

我是诺伯蒂。你需要改变。
你要痛改前非，改头换面，重新做人。
否则你会很惨的。
怎么个惨法？
脑子坏掉。
这是个梦。你在梦里能对我做什么？
我才不怕你。
你手背上还有被我刺中的铅笔印呢。
我真希望事情不要发展成这样。
听！他们都饿了。
什么？
地窖里的东西，或者是在甲板下。这要看现在是在学校里，还是在船上，对吧？
不会是蜘蛛吧？

可能吧。你很快
就会知道了，对吗？
不。
求你不要。
这都要看你
怎么做，对不对？
是改变自己……
……还是去
地窖看看。
传来一阵咚咚咚的噪音，接着……
……尼克惊叫着醒了过来。
伯蒂对自己完成的任务很满意。
那个孩子
在折磨其他
小孩之前
会犹豫的。

我离开了坟场，
我也可以离开学校。
我可以去没人认识我的地方，我可以去图书馆里泡上一整天看书。
不知道世界上还有没有无人岛，就像《鲁滨逊漂流记》里的那个岛一样。
OPEN
我可以去那样的岛上生活。
你要逃走吗，嗯？
这就是活人和死人的区别，对吗？
你好，丽萨。
死人不会令人失望。我们已经过完了一生，做完了我们的事。我们不会改变。
活人呢，他们总会令人失望，不是吗？你遇到一个英勇的男孩，他长大了，然后逃走了。
这不公平！

我认识的诺伯蒂·欧文斯不会对那些关心他的人不告而别，悄悄从坟场逃走。你会伤了欧文斯太太的心。
我和塞拉斯吵架了。
哦？
他想要我回到坟场里，不要再去上学。他觉得上学太危险了。
为什么？凭你的才能和我的魔力，肯定能保证他们注意不到你的。
我惹麻烦了。我引起了别人的注意。
那个人依然在外面的某个地方，想要你的命。他杀了你全家。
而我们在坟场里的这些人，我们想要你活着，想要你给我们带来惊讶、失望、震惊和喜悦。
回家吧，伯蒂。
我觉得……我对塞拉斯说了些话，他一定很生气。
他生气是因为关心你。

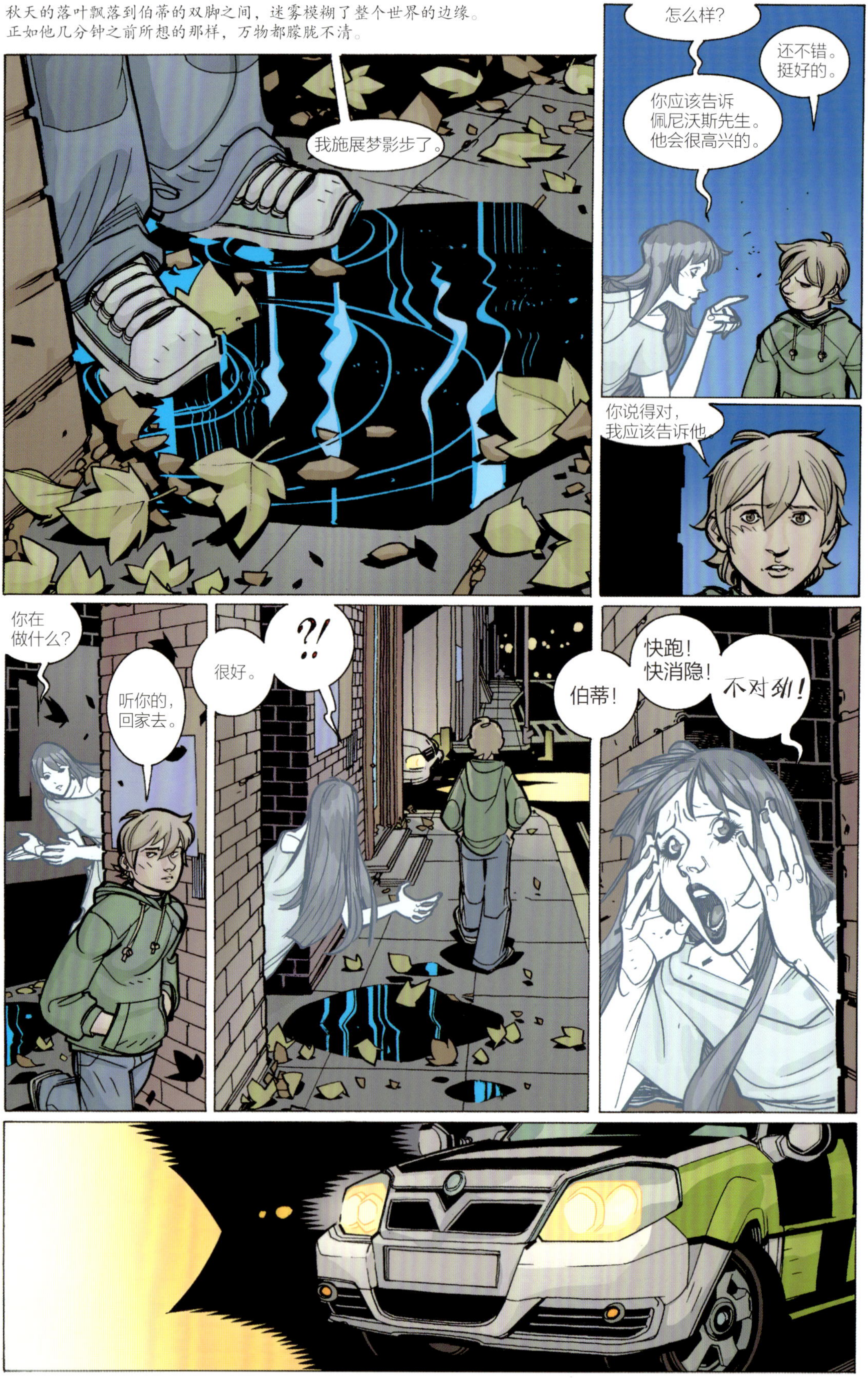
秋天的落叶飘落到伯蒂的双脚之间，迷雾模糊了整个世界的边缘。
正如他几分钟之前所想的那样，万物都朦胧不清。
我施展梦影步了。
怎么样?
还不错。挺好的。
你应该告诉佩尼沃斯先生。他会很高兴的。
你说得对，我应该告诉他。
你在做什么?
听你的，回家去。
很好。
?!
伯蒂!
快跑!快消隐!
不对劲!

打扰了，年轻人。我们是警察。请问你这么晚在外面做什么？
POLICE
法律规定晚上不能待在外面吗？
女士，他是你刚看到的年轻人吗？
就是他。
小莫？
他刚才在我家后院里搞破坏，然后逃走了。

我从卧室里看到你了。
我觉得他就是那个打碎窗户的人。
你叫什么名字?
诺伯蒂*
嗷!
别跟我胡闹。赶紧回答问题。听懂了吗?
伯蒂尝试消隐，但消隐需要转移别人的注意力，而现在所有人的注意力都集中在他的身上。
你到底住在哪里?
你不能因为我没告诉你我的名字和地址就逮捕我。
对，我不能。但我可以把你带到警局，直到你告诉我监护人的名字，让他带你走。

* Nobody，没有人的意思。

我从前面的窗户里看到你了，所以叫了警察。
我什么都没干。
我根本就没进你家后院，为什么他们带着你来找我？
给我闭嘴！
明天我们会传唤你的，跟你爸妈讲一下我们的发现。
谢谢你，坦姆叔叔。
这是我应该做的。
他们的车在一片沉默中穿过镇子，伯蒂竭尽全力地试图去消隐，但没有成功。他感觉很难受、很悲惨。
他们会有专门关押孩子的监狱吗？
在一晚之内，我和塞拉斯第一次真正吵了一架。
我试图离家出走，结果失败了，现在回不去了。
我没办法告诉警察我的名字和住址。我的余生都要在拘留所或少管所里度过了。
不好意思，有专门关孩子的监狱吗？
开始担心了是不是？我不怪你。你们这群孩子走上了野路，其中一部分人应该被关起来。

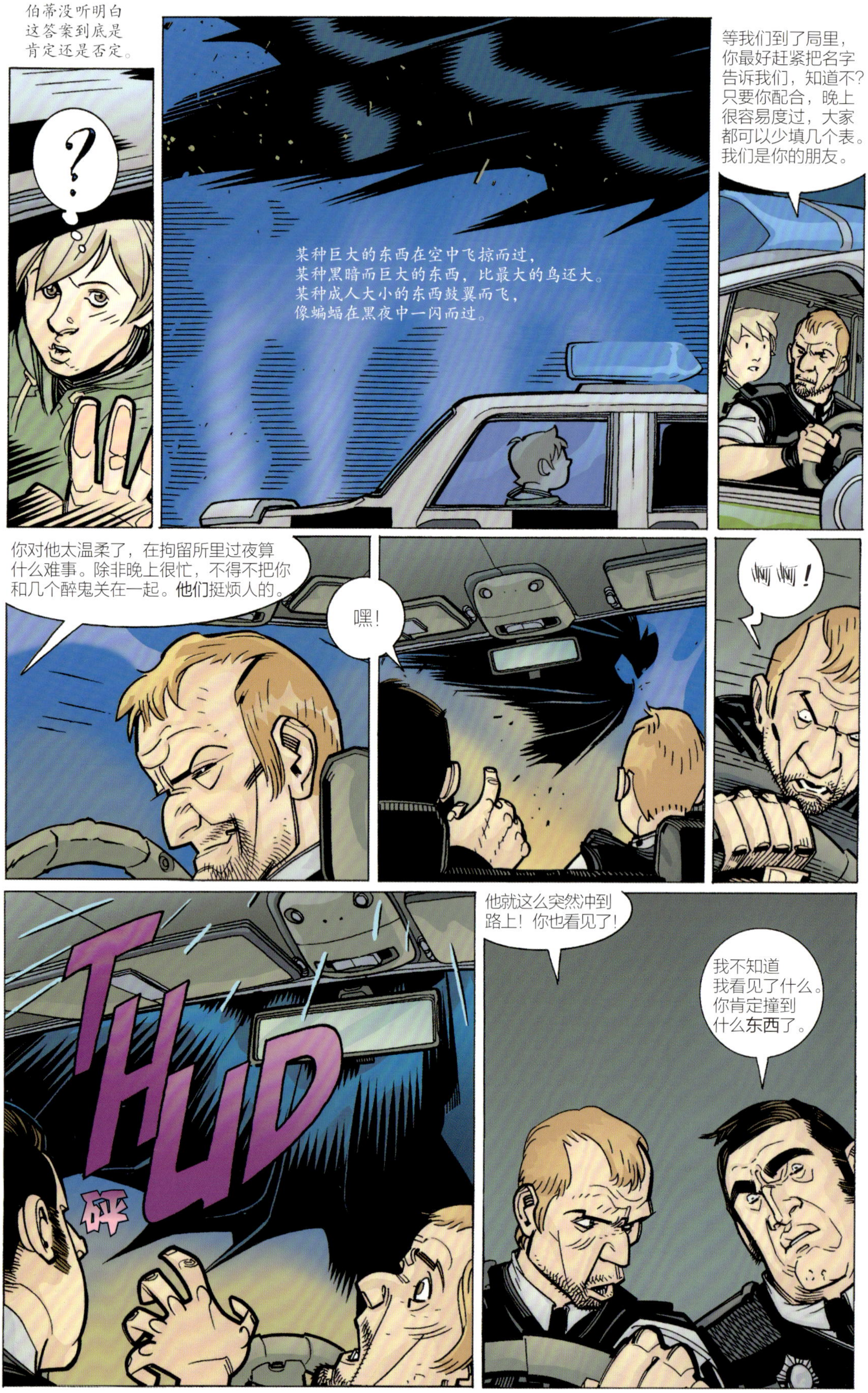
伯蒂没听明白
这答案到底是
肯定还是否定。
?
某种巨大的东西在空中飞掠而过，
某种黑暗而巨大的东西，比最大的鸟还大。
某种成人大小的东西鼓翼而飞，
像蝙蝠在黑夜中一闪而过。
等我们到了局里，
你最好赶紧把名字
告诉我们，知道不？
只要你配合，晚上
很容易度过，大家
都可以少填几个表。
我们是你的朋友。
你对他太温柔了，在拘留所里过夜算
什么难事。除非晚上很忙，不得不把你
和几个醉鬼关在一起。他们挺烦人的。
嘿！
啊啊！
THUD
砰
他就这么突然冲到
路上！你也看见了！
我不知道
我看见了什么。
你肯定撞到
什么东西了。

POLICE
他在这边。
上锁了。
?
?
怎么了？！
你撞了我爸爸！

喂！这孩子说
这人是他爸。
你肯定是
在逗我吧。
我觉得
他是认真的。
爸爸？
你杀了他。
我已经叫
救护车了。
这是个意外。
你们
俩的
工作
完蛋了。
这只是个
意外——
你也看到了。
是他突然
冲出来的——
我看见的是，
你答应给你的
侄女帮个忙，
去吓唬在
学校里和她
不合的同学。
你根本没有
逮捕令就
以夜晚在外游荡
为由逮捕了我。
然后当我父亲跑到
路中央试图阻止你们，
或者想搞明白到底
怎么回事时，你们
故意撞倒了他。
这是个意外！
你杀了
我父亲。

他可以听见鸣笛声从很远的地方传来。
……都怪你那个侄女!
哼，谁教你不看清路况的。
他们没看这边。
快。
我会带你回家。
搂住我的脖子。
伯蒂照做了，于是他们跳入到夜色之中，飞向坟场。
对不起，塞拉斯。
我也很抱歉。
你疼吗？被车那样撞？
嗯。

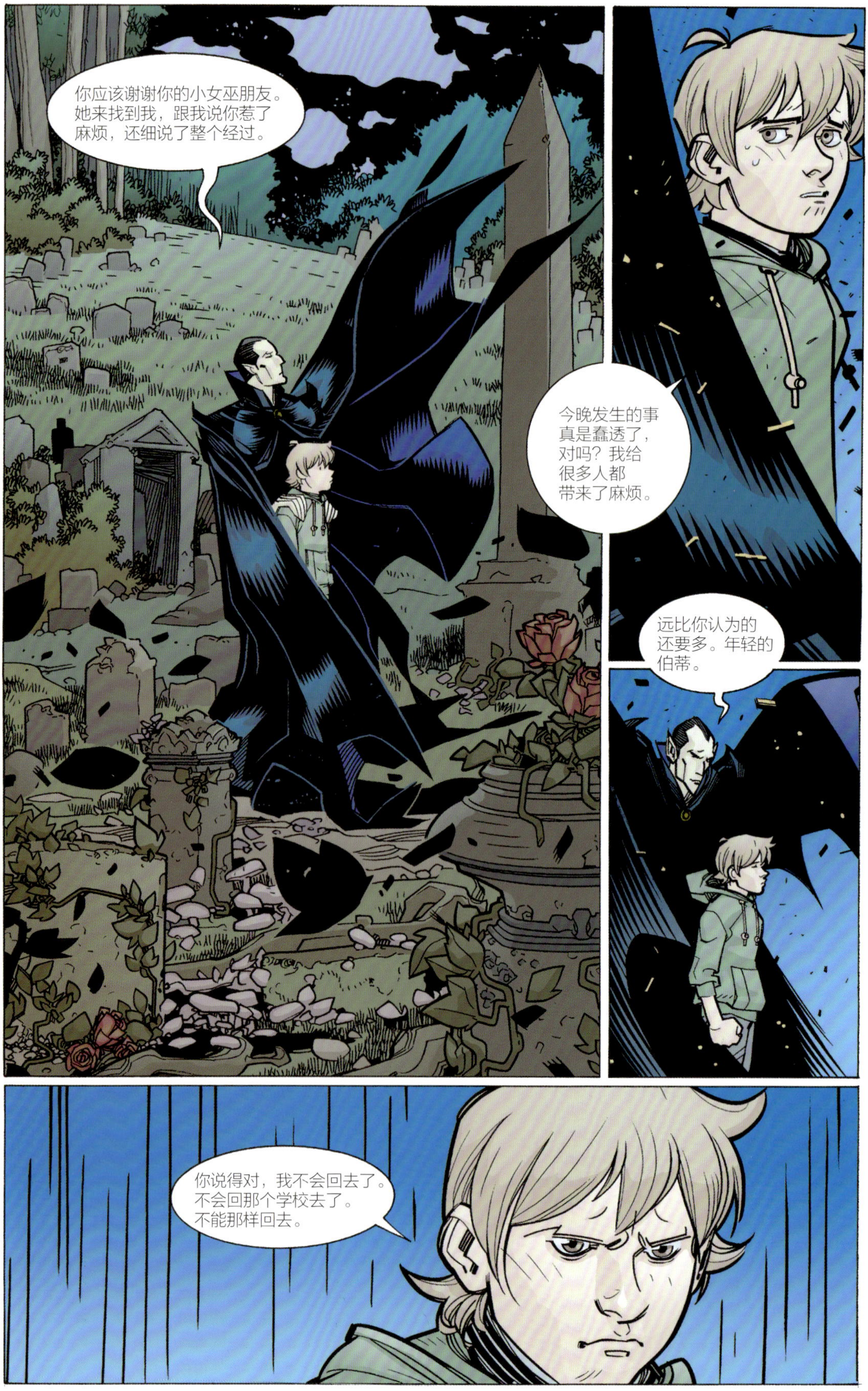
你应该谢谢你的小女巫朋友。
她来找到我，跟我说你惹了
麻烦，还细说了整个经过。
今晚发生的事
真是蠢透了，
对吗？我给
很多人都
带来了麻烦。
远比你认为的
还要多。年轻的
伯蒂。
你说得对，我不会回去了。
不会回那个学校去了。
不能那样回去。

玛琳·奎灵度过了生命中最糟糕的一周。
尼克·法瑟因再也不跟她说话了。
她叔叔就欧文斯那孩子的事严肃地责骂了她。
如果你跟任何人提起那天晚上发生的事，我就会丢掉工作；如果我真的丢了工作，我跟你没完。
甚至连七年级的学生也都不怕她了。
糟透了。
她想看看那个欧文斯小子痛不欲生的样子。她在脑中酝酿着详尽而邪恶的复仇计划，只有这件事能让她感觉稍微好一点。
然而这都没法真正让她心情变好。
如果说有什么事能令小莫心惊胆战，那一定是清理科学实验室。就跟安排好了似的，就在她这辈子最倒霉的这周里，轮到她做值日。
幸好，霍金斯女士也在实验室里，一天的课结束了，她正在收作业。能有她在这里，能有个活人在屋里，她感觉舒服一点了。
你做得很好，玛琳。
谢谢。

难道不应该是两个人来做值日吗？
本来应该是欧文斯那小子跟我一起来做值日的，但他已经好几天没来学校了。
你说的是谁？我不记得名册上有这个人。
鲍勃·欧文斯。棕头发，不太说话。他在小测验里写出了所有骨头的名字。想起来了吗？
没印象。
你肯定记得的！怎么会没人记得他。连科比先生也不记得了。
呃，谢谢你今天自己来做值日，亲爱的。
咔嚓
屋里空荡荡的，幽幽的，令人非常不安。
小莫感觉她并非独自一人在这里，她有种被窥视的感觉。

呃，觉得被盯着也不奇怪，毕竟这里有一百多个标本罐子，里面的东西全都在看着我。更别提还有骷髅什么的。
这时，罐子里的标本突然移动了。
这不是真的。这只是我的想象。
我不害怕。
做得对。害怕的感觉真的挺不好受的。
老师们全都不记得你了。
但是你还记得我。
尼克还好吗？

你明知故问。他根本不理我。他上课乖乖听课，下课径直回家，按时完成作业。也许正在做火车模型。
很好。
而你，你惹上大麻烦了，鲍勃·欧文斯。那天警察来了，他们来找你了。
这倒是提醒我了。你的坦姆叔叔还好吗？
某种意义上，你的确赢了。
我要离开学校了。
另外一些事情上，你没有赢。
你有没有被幽灵缠上过，玛琳·奎灵？你有没有被锁在镜子后面，怀疑回望向你的眼睛到底是不是你自己的？你有没有坐在空荡荡的屋子里，意识到你其实并非一个人？
那感觉很糟糕。
你要变成鬼来缠我吗？
书包怎么掉了。

是不是
你……？
鲍勃？
她回家的路
将会无比漫长，
无比黑暗。
你还疼吗？
还有点。
但我自愈
很快。
你就像那样
跳到车前面，
会被车撞死吗？
是有杀死像我
这样的人的方法，
但那些方法
不包括汽车。
我错了，是不是？整件事本来应该
在没人注意的情况下进行。结果我和
学校里的孩子闹了矛盾，然后急转直下，
甚至连警察都卷入了。
都是因为
我太自私了。
你并不是自私。
你应该与和你同龄
的孩子们在一起。
只是活人
的世界太艰难了。
我想要保护你万无
一失。但对于你来说，
世界上只有一个地方
是绝对安全的，而只有
等你人生的全部冒险
都结束之后才会到达
那里，到那时所有的
一切都再也不重要了。

那个杀了我家人的男人仍然逍遥法外，我仍需要学习关于人们的一切。你会阻止我离开坟场吗？
不。那是个错误，我们彼此都应该吸取教训。
然后呢？
托马斯·R·斯图特
1817-1851
所有熟悉他的人
都深表遗憾
还有别的方法来满足你的好奇心，可以听故事、看书。在这个世界上也有很多其他你可以和活人打交道的场合，比如图书馆、剧院或是电影院。
那是什么？类似足球比赛吗？
足球赛！嗯，对我而言开始时间都太早了。但卢普斯库女士下次来这里的时候可以带你去看。
太好了。
过去的几周留下了太多的线索和痕迹。
你要记住，他们仍然在找你呢。
你之前也提起过。你怎么知道的？**他们**是谁？他们想要什么？
LaFuente
但塞拉斯只是摇了摇头，再也没有回话。
于是伯蒂只好暂时打住，满足于他目前得到的答案。

第七话

每一个杀手杰克

塞拉斯在过去的几个月里都非常忙碌。
他开始一连好几天都不在坟场里，
有时候甚至是好几周。圣诞节期间，
卢普斯库女士代替塞拉斯照看了伯蒂三个星期，
伯蒂在她位于旧镇上的小公寓里和她一起共进晚餐。
她甚至带他去看了一场足球赛，
正如塞拉斯保证过的那样。
但她还是在捏了伯蒂的脸并用她起的昵称
叫了伯蒂之后离开了，
回到了她称为“老乡下”的地方……

* Nimeni，罗马尼亚语的Nobody

现在塞拉斯不在，卢普斯库女士也走了。欧文斯夫妇坐在乔思雅·沃兴顿的墓穴旁边，和乔思雅·沃兴顿聊天。他们都不太高兴。

你是说他没跟你们说他要去哪里，或是该如何照顾那个孩子？
没有！
呃，他去哪儿了？
他从来没有离开过这么长时间。他保证过的，如果孩子有求于我们，他会帮助我们照顾他。他保证过的。
我担心他会不会出什么意外了。
糟了！有没有什么方法可以联系到他，叫他回来？
我不知道，但我相信他在灵堂里留下了一些钱，给男孩买吃的用的。
钱？！钱有什么用？
如果伯蒂出门去买食物的话，他需要钱。
你们两个真是糟透了！

给你一便士*，把你的想法说来听听。
你根本没有钱。
我的棺材里有两便士。现在估计都变得有点绿了，但这肯定够了。
我在思考这个世界。我们如何能知道杀死我家人的那个人还活在世上、逍遥法外呢？
塞拉斯说的。
但是塞拉斯没有告诉我们来龙去脉。
你知道的。他都是为了你好。
好吧，那他在哪儿呢？
你见过那个杀了我家人的人，对不对？就在你收养我的那一天。
是的。
他长什么样？

*英语口语中有 two cents（两分钱）的说法，意思是未经深思熟虑的想法。

“我当时一直在盯着你看。让我回忆一下……他有一头深色头发，非常深。我被他吓到了。他的面容线条非常锋利。看上去好像很饥饿，又很愤怒。塞拉斯把他送走了。”
为什么塞拉斯不直接杀了他？他应该在那时就杀了他的。
他并非怪物，伯蒂。
如果塞拉斯那时候就杀了他，我现在就安全了。可以去任何地方。
对于这件事，塞拉斯比你知道的更多。事情并非那么简单。
他叫什么名字？那个杀了我家人的人。
他没说。那时候没说。
但你知道，对不对？
你做不了什么，伯蒂。
可以的，我可以学习。我能学习一切我需要的知识。我学习过进入食尸鬼门的方法。我学会了梦影步。卢普斯库女士教会了我如何辨识星星。塞拉斯教会了我如何保持安静。我可以闹鬼。我可以消隐。我熟识坟场里的每一寸土地。
唉
塞拉斯告诉过我那个杀了你家人的人叫作杰克。我只知道这么多。
妈妈？
嗯？
塞拉斯什么时候回来？
我真希望我知道答案。

* 格拉斯哥是苏格兰最大的城市，英国第三大城市。

唉！
你最好在这里下车，走回到山坡上。在市政厅门前有一个公交车站。
你可以从那里坐4路或是58路，这两辆车都可以带你到刺槐路附近。
你可以从体育中心下车，步行过去。
你记住了吗？
4路或者58路。
我把你放在这里吧。
快点下车吧。
这就是我为什么需要一部手机。
只要我迟了五分钟，妈妈就会大惊小怪。
但是她却不肯给我买一部手机。
这根本说不……
?

真奇怪。
有种似曾相识的感觉。
我以前来过这里。
转过这个转角是个小教堂，前面还有长椅。
比我记忆中的要小。
♪
喂。
呃，喂？

我知道，我有点厚脸皮，
但是你能帮我拿一下这个吗，
呃，我特别需要帮助，
如果不是太麻烦的话。
你就这样按住它。
对，就这样。
真难对齐。我懂的，
真是太感谢了。
哦，我知道了。
你是在拓印。
好的，
就这样……
好嘞，
完成了。
你可以放手了。
腿有点麻了。
嗷！
你能认出上面的字吗？
马哈拉·古德斯毕德，
本教区终身未婚的女性，
1791–1870，
万物皆逝，唯余回忆。
现在估计连回忆都不剩了。
啪嗒
啊，天啊。
唔，我来帮忙吧。

快点走吧。真的很感谢你。
我没想到会下这么大的雨。
天气预报明明说今天下午大概率是晴天的。
妈妈一定会杀了我的。
我知道你在想什么。
你知道?
你在想，这里究竟是个教堂还是葬礼礼拜堂?这里的确是个小教堂，这里的坟场曾经是附属于教堂的墓地。
那是很久之前的事了，大概是公元八九百年。
但在十九世纪二十年代左右发生过一场火灾，那时这里对于这片地区而言就已经太小了，所以这座教堂就被改建成了葬礼礼拜堂。
事实上，我在想的是，我妈妈一定会杀了我的。我上错了公交车，这么晚都没回家。
天啊，真可怜。啊，我就住在这条路的尽头。你在这里等着。

来吧。我该送你去什么地方？
我不上陌生人的车。
做得很对。但是好人有好报，对吧。
要不然这样吧，你给你妈妈打个电话，告诉她我的车牌号吧？你可以用我的手机在车里给她打电话。你站在外面都淋湿了。

我也可以打电话报警，对吗？
你当然可以，没错。你也可以打电话给你妈妈，让她来接你。
你住在哪里？
你真的不必送我回家。我的意思是，你可以把我放在公交车站。
我会送你回家的。地址是？
刺槐路102A号，不在主路上，从大体育中心过去一点点就到。
啊呀！你可**真是**走错路了，对不对？

真是
万分
抱歉。
我擅自把你的女儿
送回来了。很显然
你把她教导得很好，
她本来不想上
陌生人的车。
不过，呃，外面
下着大雨，她坐错了
公交车，跑到了镇子
的另外一边。
总之是一团糟。
我知道你内心
还是会原谅她的。
以及，呃，
原谅我。
唉，这日子
再小心
也不为过。
你想喝一杯
茶吗……
您叫
……
佛洛斯特。
不过请
叫我杰。
我叫诺娜。
我去
烧壶水。
斯嘉丽一边喝着茶，
一边和她妈妈讲起了
她坐错公交车的小冒险，
以及她如何走进坟场，
遇到了佛洛斯特先生……
……就在
小礼拜堂
边上。
咔嗒

抱歉。
我太笨了。
旧镇子山坡上的坟场？是那个吗？
我就住在那边，做了很多墓碑的拓印。你知道吗，理论上讲，这其实也是一种保护自然的方法。
我知道。
非常感谢您送斯嘉丽回家，佛洛斯特先生。我觉得您该离开了。
我说，这可有点过分了吧。我没想伤害你的感情。是我说错什么话了吗？拓印墓碑是为了一个本地历史研究项目，我可不是什么掘坟挖骨的可疑人物。
抱歉。是我们家过去的事，不是您的问题。
唔，斯嘉丽很小的时候曾经在坟场里玩耍。这大概是，呃，十年前的事了。她有个想象中的朋友。
一个名叫诺伯蒂的小男孩。
一个小鬼魂？

不，我觉得不是。他只是曾经住在那里。
“她甚至把他曾经居住的墓穴指给我看了。所以我曾经觉得他是鬼。”
你还记得吗，亲爱的？
我一定是个古怪的孩子。
我肯定你不是个……呃，你把女儿教育得很好，诺娜。
哎呀，茶很好喝。很高兴能认识新朋友。我该走了。
得回家给自己做晚饭了。
你自己一个人做饭吃吗？
嗯，基本上就是解冻一下而已。我也是个水煮专家。
算是个糟糕的老单身汉吧。
只是没遇到过合适的女人。

佛洛斯特先生，不如你周六晚上过来一起吃个饭吧？
呃，我周末做饭总是做太多。
啥？
我非常乐意周六晚上来这里吃完饭，诺娜。
太好了，佛洛斯特先生。
再见了。
拜拜。
你明明讨厌做饭。
我希望你已经完成你的家庭作业了。

我很小的时候
去过那个坟场。
这就是为什么
一切都感觉
这么熟悉。
在她的脑海中，
她想象着、回忆着，
渐渐进入了梦乡。
男孩？
你在做什么？
是谁
在说话？
哦，我能看见你，
隐隐约约的。你在
施展梦影步吗？
我觉得
我是在做梦。

我不是问这个。
你好，我是伯蒂。
我是斯嘉丽。
啊，是你啊！我就觉得你看着很眼熟。你今天来过坟场，和那个拿着纸的男人一起。
佛洛斯特先生。他是个好人。你看到我们了吗？
是啊。我会观察坟场里发生的大部分事情。
伯蒂算是什么名字？
是诺伯蒂的简称。
这就对了。这就是这个梦的内容。你是我小时候想象中的朋友。现在我们都长大了。
你那时候真的很勇敢。
我们走进山体中心的深洞，一起看到了蓝紫色的人，还遇到了斯厉尔。
这时候有什么事情发生了，在她的脑海中，黑暗的旋涡和杂乱的图案，飞速盘旋。
我记起来了。
但她的这句话只落在了卧室空荡荡的黑暗之中，她没听到任何回答，只有远处的货车轰轰地驶入夜色的声音。

伯蒂有一大堆可以
长期存放的食物，
贮存在灵堂里，
足够他维持
几个月的生活。
塞拉斯确保了这一点。
他怀念坟场
大门外的世界，
但他知道，
那里对他而言
不安全。
不够
安全。
而坟场则是他的世界、他的领地。他爱这里，
像一个十四岁男孩可以爱上一切那样。
然而
……
在坟场里，亡者不会改变。那些在伯蒂小时候和他一起玩的小孩，
如今仍然是小孩。
福丁布拉·巴特比
曾经是他最好的朋友，
现在却比他小了
四五岁了，他们
每次见面能聊的话题
已经越来越少了。

萨克雷·波灵格
和伯蒂的身高和年龄
都相似，和他在一起时
脾气也会好一点；他会
和伯蒂一起在晚上散步，
给伯蒂讲发生在他朋友
身上的不幸故事。
一般来说，
故事都会
以他的朋友
被吊死结束，
虽然他们
并未做错
任何事。
有时他们被送去了美洲殖民地，
只要他们不回来就不会被吊死。
丽萨·汉姆斯托克已经
和伯蒂做了六年的朋友，
如今她对他和以前不太一样了。
伯蒂和欧文斯先生
聊起了这件事。
我觉得，
女人就是
这样。
她喜欢少年时
的你。现在你
变成了个小伙子，
她搞不懂你究竟
是谁了。
我以前曾经和一个住在鸭湖旁边的
小女孩每天一起玩，等她到了差不多
你现在这个年纪，她朝我的头上
扔了个苹果，然后直到我十七岁之前
都再没跟我说过一句话。
!

我扔的
是个梨。
而且我早就又和你说话了，
我们还在你堂兄奈德的婚礼上
跳了一支舞呢。那是在你
刚过十六岁生日的两天后。
你说得都对，
亲爱的。
绝对是
十七岁。
伯蒂不允许自己和活人交朋友。那样做只会带来麻烦。
然而，他还记得斯嘉丽，在她离开以后很多年仍然
想念她，但他早已明白他再也不会见到她了。
但如今她又回到
了他的坟场里，
而他已经
不了解她了。
伯蒂漫步到坟场西北角深处，这里杂草丛生，遍地都是常青藤，非常
危险。路牌提示游客不要入内，但这些牌子根本没必要立在那里。大自然
在一百年间重新夺回了这片坟场。小路已经消失不见，再也无法通行了。

伯蒂九岁时曾经探索过这方天地。那时候他脚下的土地引领着他，掉进了一个二十英尺深的坑洞里。
之所以挖这么深是为了放置更多棺材，然而在坑底只有一具棺材，里面住着一位兴奋的医生，卡斯泰尔斯。
卡斯泰尔斯对于伯蒂的造访非常激动，他坚持要帮伯蒂检查扭伤的脚。
最后无可奈何地出去寻求帮助。
伯蒂一路披荆斩棘来到了西北角，路过了腐烂的落叶和纠葛的常青藤，狐狸们在这里做窝。他匆匆忙忙地跑着，因为他急着想和诗人说说话。
这里沉睡着
尘世间的残骸
属于
纳哈米亚·托特
诗人
1741-1774
天鹅在死前
仍在歌唱
我可以向你寻求建议吗？

当然可以，勇敢的男孩。诗人的建议最真挚！我如何能为你擦上一点膏药？啊，不对。我如何才能为你擦上一点香油来缓解疼痛呢？
我并不疼。我只是——呃，是关于我以前认识的一个女孩。我不知道该不该去找她说话，还是干脆忘掉她。
哦！你必须去找她，恳求她。你必须称她为你的忒耳普西科瑞*。
你必须为她写诗，气势磅礴的颂歌——我可以帮你写，这之后，也只有在此之后——你才能赢得真爱。
我没想要赢得她的芳心。她也不是我的真爱，她只是会和我闲聊的朋友。
人体所有的器官里，舌头是最厉害的。无论是甜言蜜语，还是尖酸嘲讽，我们都用同样的舌头说出来。
你应该去找她，先生！你必须这么做！
我不应该这么做。
等尘埃落定，我要写一首诗传颂这件事。
但我如果为了一个人而放弃隐身，我就很容易被其他人发现了。

*忒耳普西科瑞是古希腊神话中九位缪斯女神之一，她是舞蹈的发明者，负责掌管舞蹈。

啊，听我说，年轻的勒安得耳*，年轻的赫洛*，年轻的亚历山大*如果你什么险都不敢冒，那当一日终结之时，你什么都不会得到。
有道理。
伯蒂对自己很满意，幸好他想到了要向诗人寻求建议。
说真的，如果你连诗人的建议都不相信，那你还能相信谁呢？
这也提醒了他……
托特先生？跟我讲讲复仇吧。
君子报仇十年不晚。
不要在你头脑发热一时冲动之下去复仇，你应该静待时机成熟。曾经有一位蹩脚作家名叫欧拉瑞……
是个爱尔兰人，我必须说明……
他狗胆包天，居然胆敢批评我出版的第一本诗集……
花束之美
致
高人雅士
这种劣质的打油诗糟烂透顶，印这集子的纸还不如用来……
不！
我没法说出口。
我们就简单地说那是一句最粗鄙的话吧。
你报复他了吗？

*赫洛和勒安得耳出自古希腊神话，是一则凄美的爱情悲剧。
亚历山大指亚历山大大帝。

不仅是他，还有他那肮脏的血缘。没错，我复了仇，欧文斯少爷，而且非常狠决。
“我写了一封信，钉在了伦敦的酒吧门上，那些没文化的人经常光顾那种地方。
“我告诉他们，鉴于高雅的诗词文化是如此脆弱，我从此以后再也不会为他们创作，我只会为了我自己和后人创作。因此我决定在有生之年再也不会为他们……
……出版诗歌！
“就这样我在死前留下了遗嘱，我写成的诗歌会随我一同埋葬，而只有当我的子嗣们意识到我的天才时，我的棺材才可以被挖出，我的诗作才可以从我冰冷的双手之中被取走，继而得以出版重见天日，受到大众的喜爱和赞赏。
“走在同时代人之前是一件糟糕的事。”
所以在你死之后，他们又把你挖了出来，出版了你的诗作？
没有，至今尚未发生。但是我还有很多时间。还有很多后人。
没错。痛快狠决而又机智巧妙的复仇。
所以……这就是你的复仇？
是……啊。

十
年
不晚。
斯嘉丽?
伯蒂施展了
消隐，成为
坟场的一部分，
低调得如同
一道阴影、
一根树枝。
?
伯蒂?
是你吗?

为什么你能看见我？
我几乎看不见你。我一开始还以为你是影子之类的呢。但你和我梦中看到的样子一样。于是我就注意到你了。
你……一个人来的？
我在放学后帮佛洛斯特先生做墓碑拓印。我跟他说我想在这里坐下来沉思一会儿。我答应和他一起喝杯茶，然后他会送我回家。他甚至都没问我为什么要来这边。
我能抱抱你吗？
你想吗？
嗯。
呃，那……那我不介意。
嗷！
哈！不好意思。
没有，**挺好的。**我的意思是，你抱得比我预料中的紧。
我只是想知道你到底是不是真实存在的。这么多年来我一直以为你只存在于我脑海中。然而你**并不是**我编造的，你回来了，你在我的脑海里，你也在这个世界里。
你以前经常穿一件橙色外套，每当我看到那种橙色时，我就会想起你。我猜你没有留着那件外套吧？
不穿了，我也没穿多久。现在对我来说太小了。
是啊，当然了。

我必须回家了。不过我周末应该能来。
太好了。
我下次怎么才能找到你？
我会找你的。别担心。你就自己来这里，我会找到你的。
伯蒂坐在弗罗比舍陵墓的屋顶上，静观坟场之外的喧嚣世界。
他回想起斯嘉丽刚刚拥抱他的方式和他由此所获得的安全感。他想如果能安全地行走在坟场之外的世界该是多好啊，哪怕只是一小会儿……
……如果能成为自己的小小世界的主宰该有多好啊。

喝吗？
巧克力饼干呢？
不用了，谢谢。
不用了。
说真的，你看上去像是见了鬼。嗯，毕竟是坟场嘛，要说见鬼的话，这里倒是挺合适……
嗯……
……我有个姑姑，她说自己的鹦鹉被鬼缠上了。
鹦鹉。
那是一只红色的金刚鹦鹉。
那位姑姑是个建筑师。我也不太记得细节了。
我没事。只是今天太累了。
那么周六见。妈妈说她会在早上把我送到这里，然后她要去超市为我们的晚餐采购食材。她准备做烤鸡。
你觉得会有烤土豆吗？
我猜有，嗯。
啊，不用特意为了我打乱她的计划。
她会很高兴的。谢谢你送我回家。
我很荣幸。

在克拉科夫*的瓦维尔山上，有很多名为龙巢的洞穴。这是游客们熟知的景点。然而在这些洞穴之下，还有很多游客们不知道也无法光顾的洞穴。那些洞穴非常深，而且仍有居民居住。
塞拉斯先行一步，卢普斯库女士紧随其后，之后是坎达，他是一个缠满了绷带的亚述木乃伊。
坎达抱着一只小猪。
本来他们一共有四个人，但他们失去了哈洛恩。那位伊夫利特*踏入了由三面铿亮的铜镜包围的空间里，他被一道光吞噬了。一时之间，伊夫利特只存在于镜子之中……
……然后他融入镜子内部，消失不见了。
……然后他融入镜子之内，消失不见了。
塞拉斯不会被镜子吞噬，他用他的斗篷罩住了一面镜子，破坏了这个陷阱。

*克拉科夫，波兰第二大城市。
*伊夫利特是阿拉伯神话中的一种精灵。

所以现在只有
我们三个人了。
以及
一只猪。
为什么？
带着猪？
这样会
很幸运。
我还是
不理解。
哈洛恩
没有抱着
猪吧？
嘘。
他们来了。
从声音判断，
人数不少。
让他们放马
过来吧。
卢普斯库女士什么都没说，
但她已经做好了准备，
她用自己的意志力强压住
仰头嚎叫的冲动。

所以说，你的家人都被杀死了。知道是谁干的吗？
我的守护者只告诉我说凶手还活着，他说总有一天他会告诉我一切的。
总有一天？
等我准备好的时候。
他怕什么？难道怕你会握紧枪、跨上马去找那个杀了你全家的人复仇？
嗯，当然。不过我不会用枪。
他大概怕我会做类似的事吧。
你在开玩笑吧。
我没有开玩笑。
你的守护者，他也是一个死人吗？
我不能说起他的事。

和我说
都不行吗？
和你说
也不行。
哼……
那好吧。
啊，
对不起。
我不是
说——
我跟佛洛斯特先生
保证过很快回去的。
我得走了。
好吧。
看她！真是高傲！
如果你想调查一桩
凶杀案，你会从哪里
开始着手？我已经
试过上网查了。
呃。
要看案子。
你说的是
什么样的
凶杀案？

这种真实发生在身边的案子，一般人是不愿提起的。没想到你会对这个感兴趣。
天啊！你说的是真事么？
是的。
你还好吗？
不太好。呃，有点吓到我了。这种真实发生在身边的案子，没想到你这个女孩会感兴趣，一般人不愿提起这类事。
你怎么突然产生兴趣的？
哦。我认识一个男孩。他问起了这件事。
图书馆里肯定有信息。那里的报纸存档里肯定会有。
凶杀案。呃。我都有点汗毛倒竖了。
我也有点。
下午的时候，可以请你把我送到图书馆那边吗？
呃……
抱歉。我知道不应该总让你送我去各种地方。
没事。我只是好奇你妈妈会更喜欢红酒还是巧克力呢？真是猜不出来。也许两个都喜欢？
她喜欢巧克力，我也喜欢。
那么就巧克力吧。

什么事?
我想查一些以前的新闻报纸的剪报。
是学校的作业吗?
我想查本地的历史。
我们这里有本地报纸的微缩胶片。总有一天我们会把这些都数字化的。那么，你要找哪段时间的?
大概十三四年前。我不知道具体时间。等我看到时就知道是不是我要找的东西了。
跟我来。
这里。
随便看吧。
斯嘉丽以为一家人遇害的凶杀案肯定会登在报纸头条，然而，当她最终找到时……
居然被深藏在第五版。
文章干巴巴的，没有详细报道和描述，只有一段对事实的简单罗列。
建筑师罗纳德·杜瑞恩（36岁），和夫人出版商人卡洛塔（34岁），及其女儿米斯蒂（7岁）死于家中（顿斯坦路33号），怀疑是他杀。警察局发言人说，鉴于他们的调查才刚刚展开，发表任何评论都为时尚早，但他们已经获得重要线索并着手开始调查。

哈!
没有提及一家人是怎么死的。
也没有提及失踪的婴儿。
接下来的几周，也没有任何跟进报道。
警察局也没有再发表评论。
至少我没找到。
我敢肯定就是这个。
顿斯坦路33号。
我知道这间房子，我到过那里。
谢谢你。
喂？佛洛斯特先生？

斯嘉丽。今晚一切还按原计划吗？你妈妈还好吗？
哦。一切都很顺利。
呃，佛洛斯特先生，你在你现在的房子里住了多久了？
多久？大概有，唔，四个月了吧。
你怎么找到这幢房子的？
从房产公司的橱窗里看到的。这是间空房，而且我大体上能住得起。我想找个能步行到坟场的房子。
佛洛斯特先生，大约十三年前，有三个人在你所住的房子里被杀了。是名叫杜瑞恩的一家人。
佛洛斯特先生？还在吗？
嗯，我还在听，斯嘉丽，抱歉。
这不是普通人想听到的事。这是间老房子了。我是说，一般人会觉得这种事发生在很久以前。而不是……呃，到底发生了什么？
在以前的报纸上有一段非常短小的报道，只提及了地址，没有说任何细节。我不知道他们是怎么死的。
好吧。
老天爷啊。

斯嘉丽，这就该轮到我们本地历史学家出场了。交给我吧。我会尽可能找出一切然后告诉你。
谢谢你。
呃。我猜你打电话是因为，如果诺娜知道我住的房子里曾经有过凶杀案，她就再也不会让你来找我，或是去坟场那边了。所以，嗯，我不会主动提及这件事的，除非你提起。
谢谢你，佛洛斯特先生。
七点见。我会带着巧克力的。
晚餐非常愉悦。微熏的味道从厨房传来，作为甜点的巧克力非常美味。
佛洛斯特先生坐在饭桌旁和她们一起聊到了快10点，然后他说自己该回家了。
时间、潮水和历史研究不等人啊。
斯嘉丽那晚上试图在她的梦里寻找伯蒂，但当她做梦时，梦到的却是在格拉斯哥和她以前的朋友们一起玩。他们一起寻找某条特定的街道，却只找到了一条又一条的死胡同。

在克拉科夫的深山之下，名为龙巢的山洞里最深的洞穴之中，卢普斯库女士踉跄着倒下了。
他们会回来的，塞拉斯。太阳很快就会升起。
那么我们必须赶紧对付他们，要赶在他们准备好攻击之前。你还能站起来吗？
嗯。我是一名上帝猎犬。我会坚持住。
来吧，让我们来做个了结。

周日下午。
哦，你好，佛洛斯特先生。真巧，我们刚刚还聊起你了呢。
我们根本没聊他。
昨天很不错。我度过了一段最好的时光。真的，一点儿也不麻烦。
巧克力？非常棒。非常完美。
我让斯嘉丽告诉你，如果你哪天想吃一顿好的，你跟我说就行了！
斯嘉丽？啊，她在。我叫她来接。
斯嘉丽！
我就在这里，妈。你不用大吼大叫的。
哦。
佛洛斯特先生？
那个……我们之前聊过……就是发生在我房子里的那件事……你可以跟你的朋友说我找到了……听着，当你说“我的一个朋友”时，其实就是指你自己吧，还是说真有其人？希望你不介意我问这个私人问题。
我真的有个朋友想知道这件事。
告诉你朋友，我在挖——不是真的挖——挖掘信息，我觉得我可能发现了一些非常接近真相的信息。
比如呢？
听着……别觉得我疯了。但是，哎，据我所知，有三个人被杀了。还有一个人——我想那是个婴儿——幸免于难。那户人家不是三口人，而是四口。跟你朋友说让他来找我，我会告诉他细节的。
我会跟他讲的。

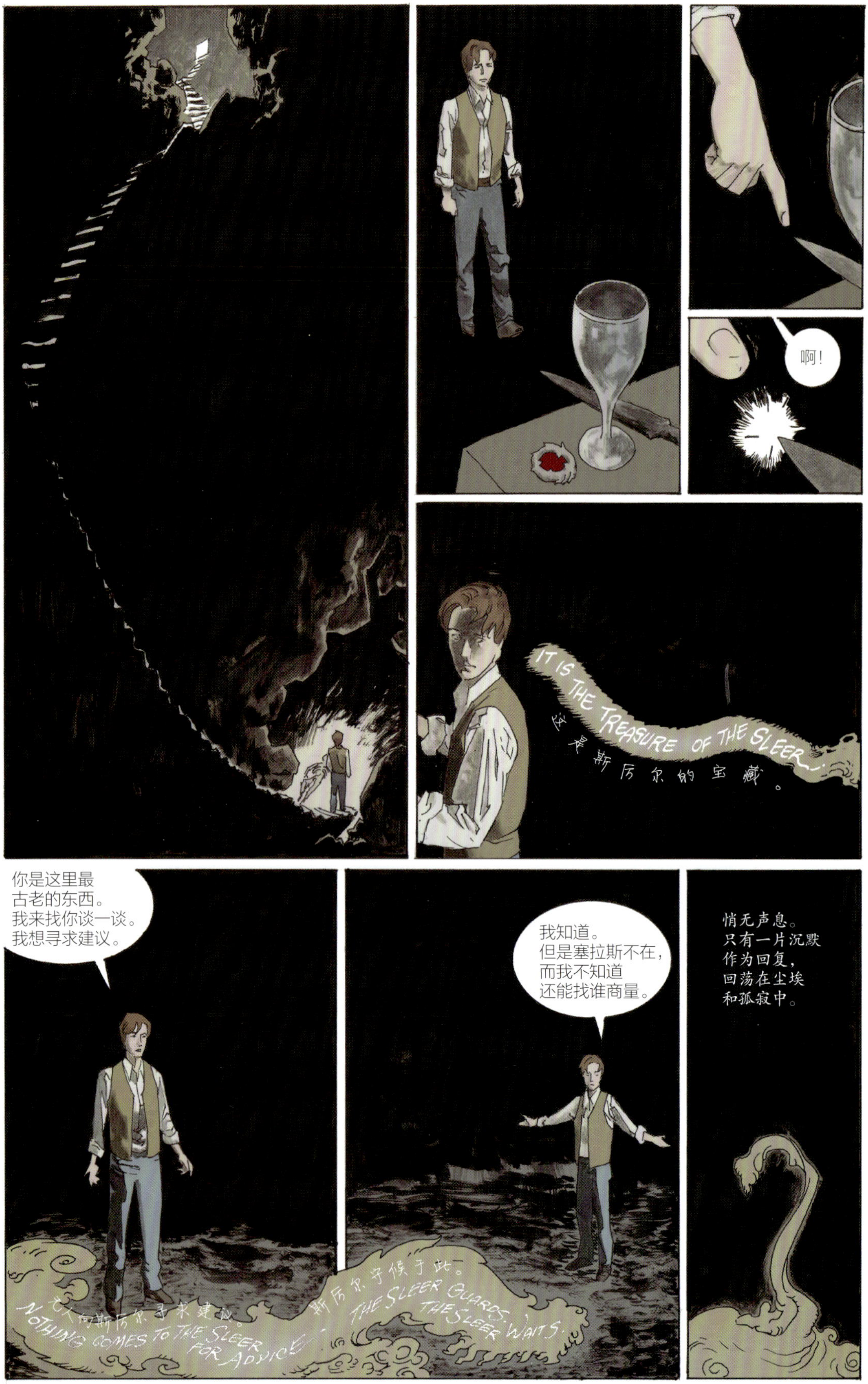

啊！
IT IS THE TREASURE OF THE SLEER.
这是斯厉尔的宝藏。
你是这里最古老的东西。我来找你谈一谈。我想寻求建议。
我知道。但是塞拉斯不在，而我不知道还能找谁商量。
悄无声息。只有一片沉默作为回复，回荡在尘埃和孤寂中。
无人向斯厉尔寻求建议。
NOTHING COMES TO THE SLEER FOR ADVICE.
斯厉尔守候于此。
THE SLEER GUARDS. THE SLEER WAITS.

我不知道该怎么做？
我想我可以去调查是谁杀了我的家人，是谁想要杀我。但这意味着我要离开坟场。
我不怕死。只是，这么多我在意的人花了这么多时间来保护我、教育我……守护我。
我必须靠自己搞定这一切。
是的。
YES.
就是这样了。抱歉打扰到你了。
THE SLEER WAS SET TO GUARD THE TREASURE UNTIL OUR MASTER RETURNED. ARE YOU OUR MASTER?
我们斯乐尔必须守护宝藏，直到我们的主人回来。你是我们的主人吗？
不是。
WILL YOU BE OUR MASTER?
你愿意做我们的主人吗？
恐怕不行。

如果你是我们的主人，我们就能永远在你周围盘旋。
如果你是我们的主人，我们就可以保护你，守护你，直到时间的尽头。
IF YOU WERE OUR MASTER, WE COULD HOLD YOU IN OUR COILS FOREVER. IF YOU WERE OUR MASTER, WE WOULD KEEP YOU SAFE AND PROTECT YOU UNTIL THE END OF TIME.
我不是你们的主人。
不
NO
那么找到
THEN FIND
你的名字
YOUR NAME
嗯？
我会去的。
来吧。

这只是
幢房子，
和周围的
没什么
区别。
嗯？
你肯定是帕金斯小姐
的神秘朋友吧，
很高兴认识你。
这是
伯蒂。
鲍勃？
伯蒂，
结尾
是D。
伯蒂，这位是
佛洛斯特先生。
水壶还在烧水。
我们边喝茶边
聊吧？
这房子要一直往上走。
厕所和我的办公室在二层，
然后往上是卧室。
天天爬这些
台阶，能
保持身材。

所以你
发现了
什么？
嗯，你说得对。我是说，
这就是那家人遇害时住的房子。
而且……我觉得这桩案子……
唔，也不一定是被封杀消息，
但肯定是被警方遗忘了。
我不明白。
凶案又不能
当作灰尘扫
到地毯底下。
这件案子被遗忘了。
世上总有些有势力
的人。对于这一切，
对于最小的孩子身上发生
的事，只有一种解释。
那是
什么
解释呢？
他活着。我很肯定。但是当时并没有寻找失踪的
孩子的记录。一个孩子失踪了本来应该是国内大新闻。
但是他们，呃，他们把消息压下来了。
他们
是谁？
那些杀死
这家人的人。
你还知道
什么？
嗯。呃，
只知道
一点点……
对不起。
我……
看。
从我发现的来看，
这一切都太惊人了。
到底是什么？
你到底发现
什么了？

你说得对。对不起。
我不该故作神秘。
历史学家不应该埋葬任何东西。应该挖掘出来，展示给大家。
没错。
我发现了一封信。
就在楼上。
藏在一块松动的木板下面。
年轻人，我大胆猜测一下……呃，你对于这件可怕的事的兴趣，是出于私人原因，我说得对吗？
是的。
来吧，不过不是你，斯嘉丽。现在还不行。我要展示给他看。如果他说可以的话，我再给你看。
好吗？
好吧。
我们很快回来。来，小伙子。
没事，我就在这里等你。

一直爬到楼顶。
我不……
呃……
如果你不想回答的话也没关系，但是……
唔……
……你就是那个男孩，对吗？
到了。
咔嚓
能发现真是靠运气。
可以说是就在我鼻子下面。

所以你知道
我的家人
为什么被杀？
答案都在
这里了。
这里以前肯定
是婴儿房。
我会展示
给你看……
……嗯。我们唯一
不知道的，就是究竟
是谁干的。
什么都
不知道。
一丁点儿
线索都没有。
我们知道他是深色
头发，还知道他的
名字叫杰克。
已经过了快十三年了。
十三年来头发渐渐稀疏花白。
但是，
是的
……
……
没错。
就是
杰克。

“佛洛斯特先生”仿佛是男人的伪装，而现在他把这层和蔼的伪装抛弃了。
现在，小子，是时候结束这一切了。
佛洛斯特先生！
有人在敲门，我应该开门吗？
啊？
我是一条无人经过的走廊。
你就在这里。我能闻到你。
嚓
咔 嚓

这只是拖延时间，
但这无法阻止我，
小子。
我们还没
完事儿，
你和我。
斯嘉丽！
是他！快走！
是谁？
你在说什么？
他！
佛洛斯特！
他是
杰克！
他要杀我。
什么？
砰
但他是
好人啊。
不，
他不是！

砰砰
不要回头看！
快点，
斯嘉丽！
啊！
啊。晚上好，年轻的小姐。
我们在找佛洛斯特先生。
我相信这里是他住的地方。

你是他的朋友吗？
当然是。
是我们杰克之一。
嗯，是的。
他……佛洛斯特先生出门了。
但是他的车还在。你又是谁？
他是我妈妈的朋友。
他就是出门去买个报纸。
咔嚓
你要去哪儿？
我要去赶公车。
再走快点，他们都在看着你。但是不要跑。
他们是谁？
我不知道，但他们全都很诡异，甚至感觉不像是人。我要回去，听听他们会说什么。

他们肯定是人啊。
伯蒂?
我不喜欢这么干。
塔先生，你不喜欢?我们没人喜欢。错得离谱，每一件事都错得离谱。
克拉科夫完蛋了。他们没有回复了。在墨尔本和温哥华之后……
据我们所知，我们四个就是剩下的全部了。
我想……我们应该去追她。
安静。
咔

我要进去了。塔先生，你跟我走。尼波和科奇，去抓住那个女孩，把她带回来。
死的还是活的？
活的，你这个傻子。我要知道她知道了什么。
快点去抓她！
也许她是他们中的一员，那些与我们作对的人，在温哥华和墨尔本和……
开门。
有加强保护。
一个杰克不可能打不开另一个杰克设下的机关。
走。
做得好。

丹迪先生！
喂，
杰克·佛洛斯特。
我以为你抓到
那个男孩了。
我抓到了，
但他跑了。
又跑了？
一次是失误，杰克。
两次就是灾难。
我们会抓
到他的。
这事儿
今晚一定
要了结。
开始明明
很顺利的。
没问题的。这一次，
我明确地知道他在哪里。
闻

锁住了！
你知道钥匙在哪儿么？
伯蒂，晚上大门都会锁起来。
没时间了。你双手抱住我。
什么？
抱住我，闭上眼睛。
好吧。
我希望我在坟场里的自由通行权这次也可以应用于其他人。

你可以睁开
眼睛了。
你是怎么
做到的?
这里是
我的家。
在这里，我
无所不能。
你好。
出来吧，女孩。
没事的。
没人伤害你。
我们只是想要你
回答一些问题。
我们有
公事要办。
快跑!

你看到了吗？
我看到她身边还有一个人，是个男孩。
什么？
那个男孩？
我怎么知道是不是？帮我一把。
另找条路进来吧。
我先去追他们。
那个男人想要杀了我。你看到他摆弄的那根黑绳了吗？
我肯定他那么做了。那位杰克——你的佛洛斯特先生——他要杀了我。
他不是我的佛洛斯特先生。呃，好吧，他算是吧。我们要去哪儿？
把你带去安全的地方，然后让我来对付他们。
坟场的居民全都醒了。他们忧心忡忡而又警惕戒备地聚集在伯蒂身旁。

伯蒂，
发生了什么？
坏人来了。可以
盯住他们吗？我们
必须把斯嘉丽藏起来。
有什么主意吗？
礼拜堂
的灵堂？
他们肯定
首先去那里找。
你在和谁
说话？
藏在山里？
好主意。
斯嘉丽，你还记得我们
遇到那个蓝紫色的人的
地方吗？
有点印象。
是个很黑的地方。
我记得那里
没什么可怕的。
我带你
去那边。
斯嘉丽可以看出来，
伯蒂在边走边和人说话，
这感觉就像是在听一个人
和别人讲电话似的，
这倒提醒了她……
我妈肯定
气疯了。
我死定了。
不，不会的。你离
死还有很长时间。
有两个人一起行动？
好的。
快来。

入口在左下方棺材的后面。
如果你听到任何人走过来，
而又不是我的话，你就
直接去最底层……
你有什么能照明的东西吗？
有。我钥匙
链上有个
小LED灯。
你要去
哪里？
很好。
小心点，
别摔了。
这是我的家，
我要去保护它。
希望伯蒂
知道自己
在做什么。

他们现在在哪儿？
一个在埃及小道上找你，他的朋友在小巷的墙边等着，另有三个人正在准备翻墙。
你不需要他们。
我真希望塞拉斯在。他肯定能对付他们，卢普斯库女士也行。
妈妈在哪儿？
就在小巷墙边。
告诉她我把斯嘉丽藏在弗罗比舍陵墓后面了。如果我出了什么事的话，拜托她帮忙照顾斯嘉丽。

伯蒂跑过坟场黑暗的一角，那里有个手持黑色尼龙绳的小个子男人正在寻找他，想要杀了他。

我是诺伯蒂·欧文斯。
我是坟场的一员。
我会没事的。

他匆匆忙忙跑上埃及小道时，差点儿没看见那个小个子男人——名为科奇的杰克之一。
!

?
啪嗒
我必须精准计算时间。
跑太快的话那个男人就会跟不上我。
跑太慢的话那条黑色尼龙绳就会缠到我脖子上。
伯蒂能感受到坟场本身也在极力藏匿他、保护他，试着让他消失，他努力对抗着，努力让自己被看到。
纳哈米亚·托特！
啊呀，小伯蒂！我听说刚刚这段时间非常惊险刺激，听说你飞驰过境好似划过苍穹的流星一般。
究竟发生什么事?
站住。就站在这里别动。往回看，看我来的方向。如果他靠近了就告诉我。

伯蒂绕过被常青藤覆盖的卡斯泰尔斯的坟墓，然后他站住了，装作上气不接下气似的喘着粗气，背对着追他的人。
然后他等待着。
他来了，小伙子。
哎哟！
啊啊啊啊啊
咔嚓

结果了一个。
我的老天爷啊！
做得很漂亮。让我来为你创作一首赞歌。你愿意留下来听吗？
我没时间。其他人在哪儿？
其中三个人在西南小路上，正往山坡上走。
还有一个在礼拜堂附近，他就是上个月一直在坟场里转悠的人。但是现在看起来他有些不一样了。
盯着点儿那个摔进卡斯泰尔斯的坟墓的人——另外请替我向卡斯泰尔斯先生道歉。
伯蒂大步流星地跑下山坡，顺路就沿着小径跑，不顺路就离开小径抄近道。
他跑过了那棵老苹果树。
他们还有四个人。四个人，全是杀手。剩下的人可不会如你所愿地摔进坟墓里。

你好，丽萨。我还以为你生我气了。
我也许生气了，也许没有。但我无论如何不能眼睁睁地看着他们杀了你。
那就帮我拦住他们吧。让他们晕头转向，让他们慢下来。你能做到吗？
让你继续跑下去？诺伯蒂·欧文斯，你为什么不直接消隐，藏到你妈妈的小坟墓里呢？他们永远也找不到你，而且塞拉斯很快就会回来解决他们。
他也许会回来，也许不会。我会在那棵被闪电劈断的树那里和你会合。
我还是不要和你说话。
只有紧急时例外。这件事过后，我一个字都不会跟你讲。
但其实，你现在就在和我说话啊。
伯蒂来到了被闪电劈断的那棵树那里。
如果我能记得卢普斯库女士教的就好了。
你没消隐，任何人都能找到你。
对。我想要他们找到我。

你比那群笨蛋杰克
更了解他们自己。
我看到
他了!
我就像是个
陷阱里的诱饵。
这感觉不太妙。
啊，神出鬼没的多利安男孩，
我猜是你。真是棒极了。我们的
杰克·佛洛斯特满世界追捕你，
而你就在这里，在十三年前他
留下你离开的地方。
那个男人
杀了我
的家人。
没错。
为什么?
重要吗?即使
知道，也无法
告诉任何人。
说了也
无所谓了，
不是吗?
哈!真是有趣的男孩。
我想知道的是，你究竟
是如何在坟场里生活十三年
而没有引起任何人注意的?
如果你回答
我的问题，
我就回答你。
你怎么能这样和丹迪
先生说话，小浑蛋!
嘘，杰克·塔。
没事。用答案
来换答案。

*扑克牌中的J最早叫作Knave，即恶棍的意思，因为容易和国王牌K混淆，印刷时不得不使用两个字母Kn，后来为方便这张牌改名为Jack，即杰克。

*新阿姆斯特丹是17世纪时荷兰在如今的纽约市曼哈顿岛南边建立的殖民地。

那么他在哪儿呢？为什么他不在这里？
我们对付你就够了。他的鼻子好得很，我们的杰克·佛洛斯特在追捕你的小女朋友，这种事不能留下目击者。
那么……
……来抓我啊。
我要砍断你的脑袋，小子！
斯卡弗！瑟弗！哈瓦嘈弗！
他打开了食尸鬼之门。

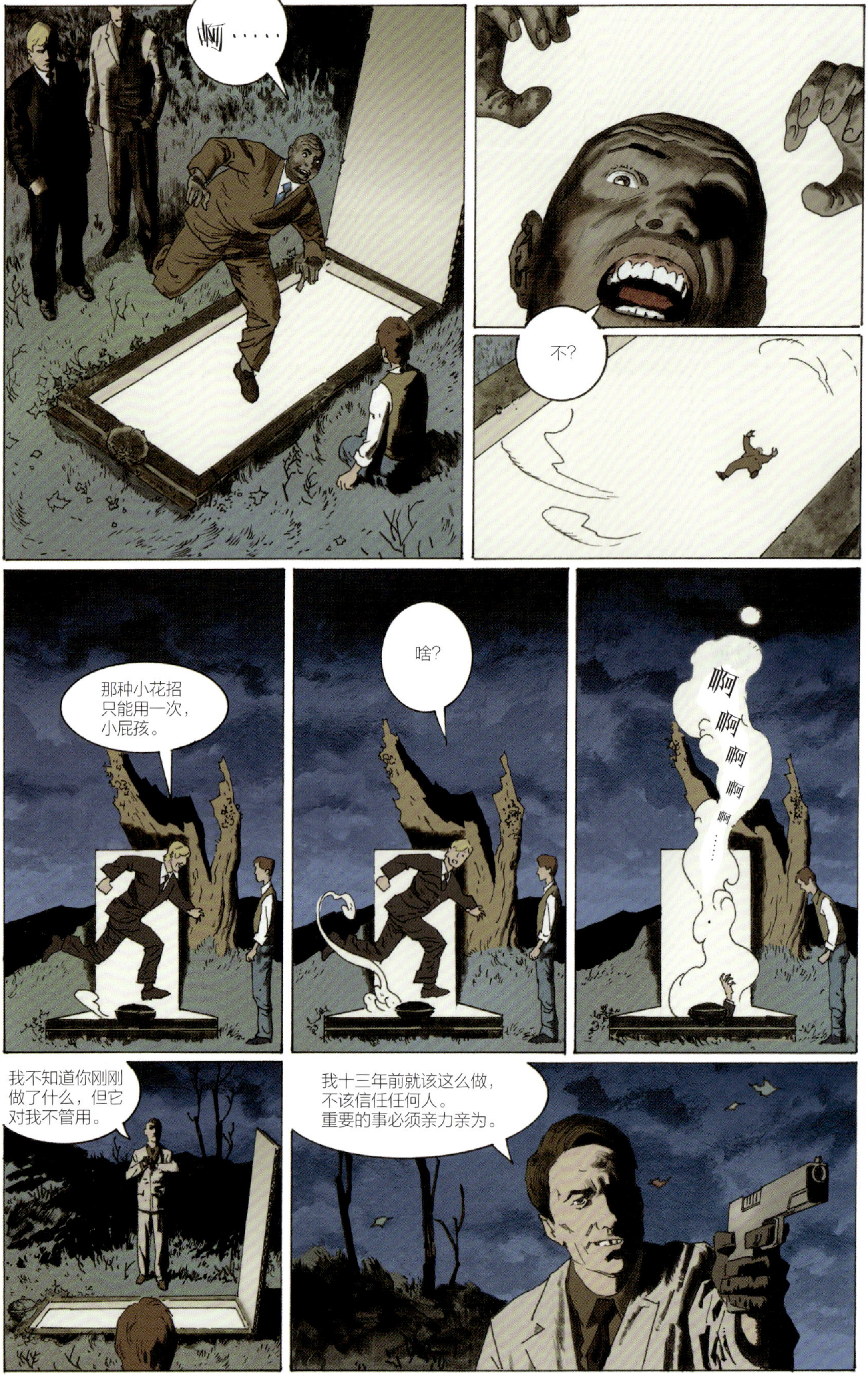
啊……
不?
那种小花招
只能用一次，
小屁孩。
啥?
啊啊啊啊啊……
我不知道你刚刚
做了什么，但它
对我不管用。
我十三年前就该这么做，
不该信任任何人。
重要的事必须亲力亲为。

下面是一大片荒漠。如果你需要水，你能找到一些。如果你努力地找，也能找到食物，但别和夜魇作对。
避开古尔海姆。
食尸鬼们可能会消去你的记忆，让你成为他们的一员，也可能等你彻底腐烂，然后吃掉你。
“无论是哪种方式，你都可以做得更好。”
你为什么要跟我讲这些？
因为他们。
?
根本没人……
你在哪儿？恶魔带走你了吗！你在哪儿？
食尸鬼之门打开之后必须关闭。
你不能就这么让门开着。他们想要关上。

门框不断地晃悠震动着。丹迪先生以前在孟加拉国经历过地震，这和当时的感觉一样：整个大地都在抖动……
……丹迪先生摔倒了。
我现在要关上门了。
如果你一直扒着门槛，关门时可能会撞到你，也可能会吸收你，把你变成门的一部分。我不知道。但我现在是在给你机会，我对你可比你对我家人大方多了。
你无法逃离我们。我们是无所不在的杰克。我们无处不在。这件事没完。
你完蛋了。

这就是你们及你们曾守护的
一切的终结。正如你们在
埃及的预言那样，我不会死。
你们曾经无处不在。
但现在一切
都结束了。
这就是塞拉斯
做的事吧？
也是他不在
这里的原因。
瓦弗卡拉多斯。

伯蒂！
礼拜堂那边的那个人！他正往山坡上跑。
嗅
没法通过气味找到男孩，他不在这里。他闻起来就和整个坟场一样。
但是那个女孩闻上去有她妈妈的房子的味道。
好像是她今早喷的香水味。
她闻上去就像是个受害人，充满恐惧的汗水味。
像是我的猎物。
无论她在哪里，男孩一定会来的——或早或晚。
他几乎到了山顶上，这时他突然感到——一种直觉，他知道那是真实发生了的……
杰克·丹迪和其他的杰克们都不在了。
很好。
总有空间可以向上爬。

?
香水味。
没藏在任何
一个棺材里，
那会在哪儿?
斯嘉丽?

当斯嘉丽听到头顶传来的撞击声时，她小心翼翼地沿着台阶向下走去。
她走到了石阶的最底层。她很害怕：害怕那位“好”佛洛斯特先生和他那些可怕的朋友；害怕这间屋子和这里的回忆；如果坦白地面对内心的话，她甚至有一点点害怕伯蒂。他再也不是那个神秘而安静的男孩了……
他现在不一样了，感觉和人类不太一样。
不知道妈妈想什么呢？
她肯定一遍又一遍给佛洛斯特先生家打电话，想知道我什么时候回家。
如果我能活着离开这里，一定让妈妈给我买个手机。这太可笑了。我是我们年级唯一一个没有手机的人。
我想妈妈了。
她从没想到有任何人类能在黑暗中如此安静地移动……
聪明点，别乱动——否则我就割断你的脖子。你明白吗？
唔唔。

伯蒂看到了弗罗比舍陵墓地上的狼藉。
很多位弗罗比舍、弗罗拜舍和好几位帕蒂斐，
全都焦虑不安。
他已经下去了。
谢谢你。
伯蒂可以像
亡者那样
在黑暗中视物。
当他走到一半时，
他看到了
杀手杰克。
你好啊，男孩。
伯蒂聚精会神施展消隐……
目光不会看到我。
……然后
又下了
一节台阶。
你猜我看不见你。你是对的，
我看不到。的确看不到。
但我能闻到你的恐惧。
我已经了解了你
隐身的小花招
我还能感受到你。
你听懂了吗？
说句话吧。说句话让我听到
你在哪儿，否则我就要把
这位年轻的小姐剁成碎块。

是的，我懂了。
很好。
伯蒂集中注意力在**恐惧感**上，努力提升房间里的恐慌感，让这种恐惧感更加具现化。
停下来!
无论你在做什么，都停下。
伯蒂停了下来。
你以为你的小魔法能对付我？你知道我是谁吗，男孩？
知道。
你是一名杰克。
你杀了我的家人。
你早该杀了我。
我早该杀了你？
哦，是的。丹迪先生说，如果你让我长大成人，你们的组织就会毁灭。
我长大了。
你失败了，你输了。

早在巴比伦时期前
杰克就存在了。
没人能伤害它。
他们没告诉
你吗?
那四个人，
是最后的
杰克。
哪儿
来的
……?
克拉科夫、
温哥华和墨尔本。
全都
没了。
拜托，伯蒂。
让他放了我。
别担心。
没必要伤害她。
也没必要杀了我。
你不懂吗?
没有杰克兄弟会了。
再也没有了。
如果你说的是真的，我是
仅存的杰克，我就有绝佳的
理由杀死你们。
骄傲。
为能够完成我开展
的事业而感到骄傲。
你在做什么?
不是
我。

是斯厉尔。它们守护
埋藏在这里的宝藏。
别撒谎！
他没撒谎。**是真的。**
真的？埋在这里的
宝藏？别让我——
斯厉尔为主人守护宝藏。
THE SLEER GUARDS THE TREASURE FOR THE MASTER.
谁在
说话？
你听到了？
我听到了。
没错。
我什么
都没听到。

这是什么地方，男孩？
我们在哪儿？
THIS IS THE PLACE OF THE TREASURE.
THIS IS THE PLACE OF POWER.
这是宝藏之地。这是权力之地。
杰克？
THIS IS WHERE THE SLEER GUARDS AND WAITS FOR ITS MASTER TO RETURN.
这是斯厉尔守护并等待主人回归之地。
从你的嘴里听到我的名字感觉很好，男孩。如果你以前这样叫过，我早就能找到你了。
杰克，我真正的名字叫什么？我的家人怎么叫我？
事到如今，这对你又有什么意义？
斯厉尔让我去寻找我的名字。我的名字是什么？
我想想。
皮特吗？
还是保罗？
或者罗德里克——你看上去叫罗德里克。
或者是史蒂芬。

你就告诉我吧。
反正你也要杀了我。
很显然。
我想让你放了
那个女孩。
放了
斯嘉丽吧。
那边有一个
石祭台，对吗？
好像是吧。
还有一把匕首、
一个杯子、
一枚胸针？
是的。
哈！
如果兄弟会完蛋了，组织解散了，
而且，除了我之外再也没有杰克了，
那又有什么关系呢？可以再建立
一个兄弟会，比之前那个更加强大。
POWER.
强大

伯蒂能感到斯厉尔在听着杰克的话，能感到屋子里一阵激动的嘶嘶声逐渐变强。
太完美了。
看看我们。我的同党们已经寻找这里上千年了，这里有仪式所用的一切必需品。
这简直会让你相信命运，对不对？
我要放手了，男孩。斯嘉丽，我的匕首依然抵在你的脖子上——我放开你的时候别试着逃跑。
男孩，你去把杯子、匕首和胸针放到我手里。
斯厉尔的宝藏。它会回来的。它总是会回来的。
THE TREASURE of THE SLEER. IT COMES BACK. IT ALWAYS COMES BACK.

斯嘉丽，我准备放开你。当我把匕首移开时，我要你趴到地上，双手放在头后。如果你敢乱动我就杀了你，我会让你死得非常痛苦。
你听明白了吗？
是的。
啊！
哦！
我们死定了。
斯嘉丽感觉好像在旁观别人身上发生的事，好像在目睹一场超现实的戏剧转化成了一场黑暗中的谋杀游戏。
太棒了。

一万年过去了，
匕首依然锋利。
过来，
男孩。
放她走。
如果你照我说的做，我就不会
杀了她。我甚至不会伤害她。
我不相信。
她可以指认你。
不，
她不会。
小子，走过去跪在
石祭台旁边。
快去！
IT HAS BEEN SO LONG.
真是太久了。
在你血溅祭坛
前，你想知道
你的名字吗？

伯蒂感到冰凉的匕首贴在了他的后颈。就在这时，伯蒂明白过来了。
一切都慢了下来。一切都变得清晰。
我知道我的名字。
诺伯蒂·欧文斯。这就是我。
斯厉尔。
你们还想要一位主人吗？
那么，你们到底有没有找到你们一直在寻找的主人呢？
THE SLEER GUARDS THE TREASURE UNTIL THE MASTER RETURNS.
斯厉尔守卫宝藏，等待主人回来。
他感受到斯厉尔在盘旋扭动延展。他听到如同上千条枯死的触须颤动的噪音。他感觉到好像有种巨大而肌肉发达的生物在挪动着身躯。
紧接着，伯蒂第一次真真正正地看到斯厉尔。
之后，他根本无法描述他看到了什么。

斯厉尔嗅着杰克
脸边的空气，
好像要摩挲
或是抚摸他一样。
发生了什么？
这是什么？
这东西要干什么？
它叫斯厉尔。
它守卫这个地方。
它需要主人告诉
它该怎么做。
当然。它一直在等着我。没错。
很显然，我就是它的新主人！
很好。
MASTER？
主人？
MASTER。
主人

十三年前我失手了，现在我们又相遇了。这标志着一个组织的终结，和另一个组织的开始。再见了，男孩。
伯蒂。
不是男孩，我叫伯蒂。
你会对你的新主人怎么做？
斯厉尔。
WE WILL PROTECT HIM UNTIL THE END OF TIME. THE SLEER WILL HOLD HIM IN ITS COILS FOREVER AND NEVER LET HIM ENDURE THE DANGERS OF THE WORLD.
我们将保护他直到时间尽头，斯厉尔将永远把他盘在中央，永远不让他经受世间危险。
那赶紧来保护主人吧。
我就是你们的主人。你们必须服从我。
斯厉尔开始将它庞大而慵懒的身躯盘绕在杀手杰克身上。
THE SLEER HAS WAITED SO LONG.
斯厉尔等得太久了。
SO LONG A TIME.
实在太久了。
我看不见。它在做什么？

退后！
离我远点儿！
不要再靠近了！
斯嘉丽。
我想看。我想看看发生了什么。
斯嘉丽看到的东西和伯蒂看到的完全不一样。她没有看到斯厉尔，这倒很万幸。但是她看到了杀手杰克。
他飘在半空中离地五尺，之后到了十尺高，在浮空之中疯狂地用两把匕首划破空气，像是要刺中什么她看不到的东西，不过显然这毫无作用。
她看到他脸上的恐惧，这神情让他变得像之前的佛洛斯特先生。
惊恐让他再次成为那个载她回家的好心人了。
佛洛斯特先生，杀手杰克，无论他是谁，他被拖得离他们越来越远……
……直到他四肢被抻开，呈大字形平摊在墙上。

在斯嘉丽看来，
佛洛斯特先生
被强迫着拽进墙里，
融入岩石之中，
被石壁吞噬了。
停下来！
停下来！
停下来！
求求你。
求求你。
求

我记得你说过斯厉尔不会伤人，我以为它唯一能做的就是吓唬我们。
是的。但它需要一位主人来守护。它说的。
你的意思是你早就**知道**会发生这一切。
是的。我也希望是。
我必须把这里清理干净。
你**知道**会发生那种事。
这一次，伯蒂没有说话。
所以你知道斯厉尔会带走他。
所以你把我藏在下面？
是吗？
那**我**又算是什么，**诱饵**吗？
不是你想的那样。现在我们还活着，不是吗？
而且他再也不会给我们找麻烦了。

那其他人呢？你把他们都杀了吗？
我没有杀任何人。
那么他们在哪里呢？
其中一个人在一个很深的墓穴坑底。其他三人……唔，他们在很远的地方。
你没有杀了他们？
当然没有。
这里是我的家。我为什么要让他们一直在这里逛荡？
瞧，没事了。我搞定他们了。
你根本不是人类。普通人不会像你这样。你像他一样坏，你就是个怪物。
不。不是这样的。
你这样讲恐怕对伯蒂不公平。

不过如果你能
干脆地忘了这一切，
你肯定会更快乐的。
来吧，咱们一起走，你和我，一起来
聊聊过去几天发生的事，以及对你而言
该记住什么，又该忘记什么。
塞拉斯，你不能这样。
你不能让她忘记我。
这是最安全的方法。
如果不是对我们而言，
至少对她也更安全。
难道——
难道不听听
我的意见吗？
看，没事了。
我知道这很艰难。
但我们
做到了。
你和我。
我们
战胜了
他们。

我想回家，
可以吗？
伯蒂望着斯嘉丽渐渐远去的身影，希望她能回头看看，
对他微笑或者只是看一眼他。他希望她的眼中不再有恐惧。
但斯嘉丽没有回头。
她就
这样走了。

一个男人把斯嘉丽带回了家。
在那之后，斯嘉丽的母亲不太记得那个男人和她说什么了，但是很遗憾的是，她听到了……
哦，那个好人，佛洛斯特。
很遗憾他不得不离开镇子。
那个男人和她们在厨房里一起聊了很久，聊她们的生活和梦想。在谈话结束时，斯嘉丽的母亲不知为何决定：带斯嘉丽一起回格拉斯哥。
可以离她父亲更近一些、可以再次见到她的老朋友们，斯嘉丽会很高兴的。
诺娜甚至答应斯嘉丽会给她买一部手机。
塞拉斯离开了，留下女孩和她的母亲在厨房里。
她们几乎不记得塞拉斯来过这里……
……这正如他所愿。

塞拉斯回到坟场，看到伯蒂坐在方尖碑旁，低沉着头。
她还好吗？
我拿走了她的记忆。她们会回到格拉斯哥。她在那里也有朋友。
你怎么能让她忘了我呢？
人们想要忘记不可能的事。这让他们的世界更安全。
我挺喜欢她的。
很抱歉。

那些杰克……他们提到他们在克拉科夫、墨尔本和温哥华遇到了麻烦。是你造成的，对不对？
不止我一个人。
还有卢普斯库女士？
她还好吗？
她生前战斗得很英勇。
她是为你而战，伯蒂。
斯厉尔抓住了杀手杰克。他们中的三个人进入了食尸鬼之门。还有一个人受伤了但还活着，他在卡斯泰尔斯的墓穴底部。
他是最后一个杰克了。我必须在日出前和他谈谈。
她——斯嘉丽她害怕我。
是的。
但为什么呢？我救了她的命。我不是个坏人。而且我和她一样，我也是活人。

卢普斯库
女士是怎么
牺牲的？
为了保护他人。
她很英勇。
你本可以把她带回来的。
如果能把她埋在这里，
我就能继续和她说话了。
当时别无选择。
她称呼我为尼梅尼，
再也不会有人这么叫我了。
我们去给你
弄点吃的吧？
我们？你想让我
和你一起去吗？
一起去坟场外面？
再没有人想要杀死你了，
至少现在暂时没有。有很多
事他们无法做到，或许再也
做不到了。
所以，没错。
你想吃什么？

伯蒂本来
想说不饿，
但这不是事实。
他感觉
有点难受，
头重脚轻。
而且他很饿。
比萨？
伯蒂走向坟场外时
看到了坟场的居民们，
但他们无言地目送着男孩
和他的守护者走了过去。
他们只是注视着这一切。
伯蒂试着感谢他们的帮助，
表达他的感激之情……
……但死者们沉默不语。

比萨店的灯光非常明亮，甚至令伯蒂有一点不舒服。
塞拉斯告诉他
如何看菜单……
MENU
……以及如何点菜。
MENU
塞拉斯点了一杯水
和一小盘沙拉，
他用叉子扒拉着菜叶，
却根本没放到嘴里。
伯蒂兴奋地用手抓起比萨
吃了起来。他没有问问题。
塞拉斯想说的时候自然会说的。
我们早就知道他们……
那些杰克……
知道很长很长时间了。

但是我们只能从他们的行为结果来了解他们。我们怀疑这一切的背后是有组织的，但他们隐藏得太好了。
他们追杀你，杀了你的家人。然后，我终于发现了他们的蛛丝马迹。
"我们"是指你和卢普斯库女士吗？
我们俩以及其他我们的同类。
荣誉护卫。
你怎么听说的？
算了。就像人们常说的，人小鬼大。
是的。荣誉护卫。
所以……
现在你完成了……结束了这一切。
准备留下来吗？

我发过誓。
我会留在这里，
直到你长大。
我已经
长大了。
不。快了。
现在
还没。
塞拉斯？
那个女孩——斯嘉丽，
她为什么那么害怕我？
NO'S
但塞拉斯什么都没说，这个问题就这样悬在半空中。塞拉斯和男孩走出明亮的比萨店，步入了静待他们的黑暗之中。
很快，
他们就被
夜色吞噬了。

第八话
离别
有时，他再也看不见死者了。
这是一两个月前开始的，
大概是四月或五月的时候。
一开始只是偶尔发生，
但现在越来越频繁。
世界在发生改变。

!
?
奇怪。
那只狐狸还是只小崽儿时我就认识它了。
而那只猫，从我记事起就一直在坟场里神出鬼没。
它们认识我。它们表示友好的时候还会让我抚摸它们。
伯蒂逛到了坟场的西北角。一棵红豆杉树上垂下许多纠缠的常青藤，几乎堵住了埃及小道的入口。
他试着钻进常青藤里，但……
哎哟
奇怪。

阿伦佐·托马斯·
加西亚·琼斯
1837–1905
旅行者，放下你的登山杖

伯蒂这几个月一直到这边来：阿伦佐·琼斯去过世界的各个角落，他非常乐意给伯蒂讲述他在旅行中遇到的故事。他的开场白是……

我已经给你讲过我所有的故事了……
……再没什么有趣的了。
除了这件事……我有没有给你讲过……

……我不得不从莫斯科逃跑的事？
没有。
或者
……我弄丢了一座价值连城的阿拉斯加金矿的事？
没有。
或者
……牛群奔袭过潘帕斯草原*的事？
没有。
伯蒂总是摇摇头，眼神中充满期待，很快他就畅游在那些英勇无畏的冒险故事里了。

*潘帕斯草原位于南美洲东南沿海，是一片肥沃的平原，适宜农牧业发展，包括阿根廷局部、巴西局部和乌拉圭全境。

现在伯蒂走到方尖碑附近等待着，但一个人都没看到。
阿伦佐。
伯蒂俯下身子，想将头探进墓穴里去叫他的朋友。
然而他的头并没有像影子穿过更深的一片阴影那样轻易地穿过坚硬的石碑……
邦
嗷！
阿伦佐！
真奇怪。

啊
啊
啊
这边，男孩！这边有一些野生的金莲花。你来帮我摘几朵，放在我的墓碑旁吧。
伯蒂照她说的做了。
他带着花来到了屠杀之母的墓碑前。那块墓碑历经风雨早已残破不堪，唯一能看出来的一个字是……
……这个字令当地的历史学家困惑了一百多年。
你真是个好孩子。我真不知道如果没有你，我们该怎么办。
谢谢你。
大家都去哪儿了？你是我今晚遇到的第一个人。
你的额头怎么回事？
我磕在了琼斯先生的墓石上。真硬啊。
我……

我刚刚叫你男孩，对吧？但时间眨眼间就流逝了，你现在是个小伙子了，不是吗？
我感觉还是和以前一样。
我也常常感觉我还像小时候那样，在草场上用雏菊编织项链。你总是你，这一点不会变。但你又总是在改变，对此你也无可奈何。
我还记得你刚到这里的那一夜，男孩。
我说……
我们不能让这个小家伙离开。
你妈妈也表示同意，他们所有人都开始纠缠不停地争吵起来，直到灰马上的女士出现。
“坟场的居民们……”
她说……
“听听屠杀之母的话吧。你们难道没有一点慈悲之心吗？”
于是他们都同意了我的观点。
在这里很少有事情能让一天与另一天有所区别。

四季流转，常青藤蔓延生长，墓碑磨损残破。
但是你来到了这里……
……嗯，你的到来令我很高兴。
噗
好了。
这样应该能让你看上去好一点，不过我也不知道下一次再见到你会是什么时候了。
保重。

伯蒂感受到一种从未有过的不安，在这种不安的感觉中他走回欧文斯一家的墓穴前。他很高兴地看到他的父母都在门口等他。
他们为什么要这样站着？
好奇怪。
欧文斯
晚上好，伯蒂。我猜你过得还不错？
还行吧。
欧文斯太太和我一辈子都希望能有个孩子。我相信我们不会有比你更好的孩子了，伯蒂。
呃，好吧。谢谢你。但是……
?
唉？妈去哪儿了？
啊，真是的。唉，你懂的，贝蒂嘛。有时……有些时候你真的不知道该说什么。你明白吗？
不明白。
我觉得塞拉斯正在等你。
然后他就消失了。
欧文斯

已经过了午夜了。伯蒂开始走向旧礼拜堂。这里看上去完全没有塞拉斯的踪迹。
跟我说你会想我的，笨蛋。
丽萨？
我都有一年多没见到你的身影、听到你的声音了——上次还是杰克兄弟会来这里的那晚上。你去哪里了？
我一直在观察。难道女士必须告知她所做的一切吗？
观察我？
活人总是浪费生命，诺伯蒂·欧文斯。你我之中有一个人蠢到不会生活，那人不是我。快说你会想我。
你要去哪里？
无论你要去哪里，我当然会想你的。
太蠢了……
……蠢到不会生活。
丽萨轻轻地吻了他，而他太过迷茫窘困，手足无措，不知如何是好。

我也会想念你的，一直都会……
咔哒
嘎吱——

进来吧，伯蒂。
我什么都看不见。太黑了。
已经看不见了吗？
你就在这里睡觉吗？
是的，当我远离我的家时。
这里难道不是你的家吗？
我的家在离这里很远很远的地方。我不知道那里还能不能居住。那里出了些问题，如果我回去根本不知道等着我的是什么。

你要回去？你真的要离开？但你是我的守护者啊。
我曾经是你的守护者。
我还有其他东西要去守护。
但是你已经长大了，可以保护自己了。
我难道不能留在这里吗？就在坟场里？
不行。这里的所有人都已经度过了他们的人生，哪怕是短暂的一生。现在轮到你了。你必须去度过你的人生。
我可以跟你一起走吗？
不行。
我会再见到你吗？
也许吧。无论你能否见到我，我相信我一定会看护你的。
跟我来。
我擅自帮你收拾了行李。你所有的东西都在这里了。

跟我说说荣誉护卫的事吧，塞拉斯。你和卢普斯库女士都是成员吧？
还有谁？
你们有很多人吗？
你们会做什么？
我们做得不多，大多是守卫边境。我们守护事物的边界。
你是说，类似阻止杀手杰克及其同党的事？
我们做不得不做的事。
但是你们做的是正确的事——我是指阻止杀手杰克这种事。他们很可怕。他们是**怪物**。
我并非总是做正确的事。在我年轻的时候……我做过比杰克更坏的事，比他们任何人做的事都糟糕。我曾经也是怪物，而且，伯蒂，比任何怪物还要糟糕。
但是你早已不是那样了，对不对？
人是可以改变的。
能成为你的守护者我很荣幸，年轻人。

这是给你的，
拿好。
这里面的钱足够
你在这个世界上
开始生活，但也
仅限于此了。
我去见阿伦佐·琼斯，
但他不在那里；或许
他在那里，但我看不到
他了。
我想让他给我讲他去过的
那些遥远的地方的故事。
那些岛屿、海豚、冰川
和山峦，那些人们穿着
奇特吃食怪异的地方。
那些地方依然还在，
对吗？我是说，外面
有整整一个世界在等着
我。我能去看吗？我
可以去那些地方吗？
外面有整整一个世界，没错。
你的行李包的内兜里有一本护照，
上面的名字是诺伯蒂·欧文斯。
这东西可得来不易。

如果我改变了主意，我还能回到这里吗？
唉
如果我回来，这里也仅仅是某个地方而已，它再也不会是我的家了。
你想让我送你到大门口吗？
最好还是我自己走吧。
呃，塞拉斯……
……如果你遇到麻烦就跟我说，我会去帮你的。
我不会遇到麻烦的。
唔，我猜你也不会。
但是我还是想帮你。
灵堂里非常黑，闻上去有潮湿的霉菌和古老石头的味道。这里第一次令人感觉非常窄小。
我想体会生活。
我想用我的双手紧紧握住它。
我想要在一个荒无人烟的小岛的沙滩上留下自己的脚印。我想要和别人一起玩足球。
我想要……
……我想要一切。

很好。
如果我万一真的遇到了麻烦，我一定会告诉你的。
虽然你从来不会遇到麻烦。
说得对。
再见，塞拉斯。
再见，诺伯蒂·欧文斯。

咔哒
还不到清晨时分，
大门还锁着吧？
不知道他们会不会
让我通过？
也许我应该回礼拜堂
去要钥匙？
但当他来到门口时，他看到供行人通过的那个小门的锁已经打开了，门也大敞着，好像在等他。好像整个坟场都在向他告别。
你好，
妈妈。

你知道你接下来
要做什么吗?
我要看看
世界。
遇到麻烦。
再摆脱麻烦。
拜访丛林、火山、沙漠
和岛屿。
与人相遇
……
……我想遇到
很多很多很多
的人。
欧文斯太太
没有立刻回话。
她开始唱一首伯蒂也记得的歌,
一首在他小时候她哄着他睡觉时
经常唱的歌。

“睡吧，我的小宝贝，哦，睡到一觉醒来，当你醒来之后，你会看到这个世界，如果我没搞错……”
你没搞错。
我要周游世界。
“亲吻你的爱人，一起跳上一曲，寻找你的名字，以及埋葬的宝藏……”
嗯嗯嗯
欧文斯太太又想起了最后几句歌词，她继续唱给了她的儿子。
“面对你的生活，面对痛苦和快乐，走遍千山万水……”
这可是个艰难的挑战，但是我会尽力尝试的。
?
妈妈?

我非常以你为
傲，我的儿子。
仲夏的天空，东方已经开始蒙蒙亮，
而那里正是伯蒂准备出发的方向。
他怀揣护照和钱，
唇畔展开一个小心
翼翼的微笑。这个世界
和山坡上的小小坟场
比起来实在是太大太多了；
而且这里有危险和
未解之谜，有要去结交的
新朋友，有要去重新
拜访的老朋友，有要去
犯的错误和要去走的路……
直到他最终返回坟场，
或是在那匹大灰马的背上，
和那位女士共骑。
但是在彼时和此时之间，还有整整一生……

……于是，伯蒂翻开了游目骋怀的人生新篇章。